Martina
Bick

# *Weihnachten* auf dem Lande

rütten & loening

FSC
www.fsc.org
MIX
Papier aus verantwortungsvollen Quellen
FSC® C083411

ISBN 978-3-352-00872-6

Rütten & Loening ist eine Marke der Aufbau Verlag GmbH & Co. KG

1. Auflage 2013

Einbandgestaltung Büro Süd, München
Gesetzt aus der Bembo, Minion Pro und Bickham Script
durch Greiner & Reichel, Köln

Druck und Binden CPI – Clausen & Bosse, Leck
Printed in Germany

www.aufbau-verlag.de

# Advent

Es schien gar nicht richtig hell zu werden an diesem 19. Dezember, einem Montag, dem letzten vor dem Weihnachtsfest. Die Autos fuhren mit eingeschalteten Scheinwerfern und tauchten trotzdem erst spät aus dem Dunst auf, der über Autobahnen und Landstraßen hing. Emina ließ den Scheibenwischer ihres Smart laufen, um den feinen Wasserfilm von der Scheibe zu fegen, den die Nebelschleier hinterließen.

Im Radio spielten sie ab heute nur noch Advents- und Weihnachtslieder. Die schönste Zeit des Jahres, betonte der Moderator. Dabei war es für die meisten Mitmenschen vor allem die anstrengendste und hektischste Zeit. Emina hatte bisher keinen Weihnachtsstress gekannt. Sie musste keine Familienfeier ausrichten und auch schon lange nirgendwo mehr erscheinen. Ihre Mutter flog seit Jahren über die Feiertage nach Gran Canaria, wo sie inzwischen ganz lebte. Früher war Emina mitgefahren, aber sie hatte diese seltsame Sommerwoche mitten im Winter nie gemocht. Sie liebte die heimatliche Weihnachtsstimmung, die mit Kerzen und Tannen geschmückten Räume, die guten Düfte, welche die grünen Nadeln, das Weihnachtsgebäck, Punsch und Glühwein verströmten, und die glänzenden Augen von Klein und Groß, in denen sich die Lichter des Weihnachtsschmucks spiegelten. Sie mochte auch die schönen alten Lieder, die sich alle Jahre wieder in ihr Herz schlichen, obwohl ihre musikalischen Interessen sonst ganz anders gelagert waren. Leise summte sie eine ziemlich kitschige Fassung von »Macht hoch die Tür, die Tor macht weit« mit und ließ die feierliche Stimmung, in der so viel Vorfreude und Erwartung mitschwangen, in sich hineinströmen.

Wenn nur die frühe Dunkelheit und die andauernde Kälte ihr nicht so zusetzen würden. Hatte sie auch noch so viele Schichten warmer Pullover und dicker Strümpfe übereinander gezogen, fror sie doch immer den ganzen Winter über und hatte ständig kalte Hände und Füße. Sie ließ mit Volldampf die Motorwärme ins Wageninnere blasen.

Ohne die Erfindung dieses bunten fröhlichen Fests mitten in der finstersten Zeit des Jahres wären die nördlichen Regionen für die meisten Menschen vermutlich immer unbewohnbar geblieben. Dabei war es gerade heute ein bisschen wärmer geworden, und natürlich hatte es gleich angefangen zu nieseln. Würde die Temperatur wieder unter null fallen, würde die feine Feuchtigkeit überall gefrieren und die Straßen in gefährliche Rutschbahnen verwandeln. Bis dahin sollte sie ihre kleine Reise erledigt haben und wieder zu Hause in Hamburg sein.

Kurz hinter Lüneburg verließ sie die Autobahn und bog auf eine schmale, wenig befahrene Landstraße ab. Keine schaukelnden Lkw mehr, die meinten, kleine Autos spielend überholen zu können. Keine drängelnden Raser hinter ihr, wenn sie es einmal wagte, auf die Überholspur einzuscheren. Sie streckte sich hinter dem Steuer, drehte das Radio lauter und versuchte, eine zweite Stimme zu »In dulci jubilo« zu finden, die sich hübsch zu dem Gesang des Tölzer Knabenchors anhörte.

Die Wiesen längs des Flusses verschwanden im Nebel. Wie karg und streng diese Landschaft sich heute darstellte, die im Frühjahr so bunt und leuchtend gewesen war. Knorrig streckte sich das Geäst schwarzer, kahler Bäume in den Himmel. Weich verloren sich die Wiesen hinter den Deichen. Das Flussbett konnte man von der Straße aus nicht sehen, aber man ahnte den breiten Strom, weil der Himmel darüber irgendwie weiter zu sein schien.

Immer öfter kamen ihr Trecker entgegen, die Anhänger hochbeladen mit Kartoffeln oder Rüben. Vor einem Kreisverkehr warf sie schnell einen Blick auf die Karte. Lechnow war die nächste Ortschaft.

Die Kirche von Lechnow war ein massives, kleines Backsteingebäude mit einem dicken, nicht sehr hohen Glockenturm. Die Wetterseite des Gebäudes war ganz mit Efeu überwachsen. Ein alter Friedhof umgab die Kirche. Seine Mauer war zerfallen. Auch die meisten Grabsteine waren verwittert und die Grabstätten vermutlich schon vor langer Zeit aufgelöst worden.

Emina fuhr über den mit Kopfsteinen gepflasterten Dorfplatz und stellte den Wagen vor einem ehemaligen Kaufladen ab. Die Ladenreklame hing noch am Haus, das Schaufenster aber war mit vergilbten Gardinen verhangen. Es gab keine aufgezeichneten Parkplätze. Hier hatten zu Ostern die Kirmesbuden gestanden, das kleine Karussell mit den holzgeschnitzten Pferden und der jauligen Leierkastenmusik, die Schießbude und der Stand mit den gebrannten Mandeln und leckerem türkischen Honig. Und schließlich das Bierzelt, in dem sie bis spät am Abend gesessen und gefeiert hatten. Wo sie ihn kennengelernt hatte, noch später am Abend. Christoph und sie. Oder hatte er Christian geheißen?

Emina öffnete die Autotür und stemmte sich aus dem Wagen. Fast passte sie mit ihrem Bauch nicht mehr hinter das Steuerrad. Sie knöpfte den schwarzen Wollmantel zu, den Anett ihr geliehen hatte. Anett war Jaspers Schwester, sie hatte schon drei Kinder und mehr Schwangerschaftsklamotten als normale Kleider. Aber sie hatte auch dann nicht mehr ihre normale Kleidergröße, wenn sie mal nicht schwanger war.

»Ein bisschen bleibt von jedem Kind an einem hängen«, hatte sie gern lachend gesagt und sich stolz über den Bauch gestrichen.

Emina hatte sich geschworen, dass sie kein solches Dauerpolster davontragen würde von ihrem Kind. Sie war auch nicht besonders stolz auf ihren Bauch – ein Kind bekommen konnte doch nun wirklich jede. Das stimmte natürlich nicht ganz, gab es heutzutage doch unzählige Frauen mit »unerfülltem Kinderwunsch«. Sie hatte darüber jede Menge im Wartezimmer ihrer Frauenärztin erfahren. Trotzdem schien ihr ihre Schwangerschaft bis jetzt keine besondere Leistung zu sein. Man musste sie ja im wahrsten Sinne des Wortes nur er-tragen. Die Leistung kam dann später, wenn das Kind da war. Aber daran wollte sie jetzt noch nicht denken. Auch nicht an die Geburt. Je näher sie kam – und sie kam rasant näher, besonders seitdem sie in der Mutterschutzfrist angekommen war und offiziell nicht mal mehr in ihrem Schneideratelier arbeiten durfte –, desto mehr verdrängte sie den Gedanken daran. Eins nach dem anderen. Jetzt galt es erst mal, Christoph zu finden. Oder Christian.

Sie ging ein paar Schritte über den Dorfplatz. Die Luft war feucht und schwer, aber sie roch würzig und frisch, fast so wie damals im Frühjahr. Ein wunderbar leichtes Lüftchen, gereinigt von Wald und Flur, aufgefrischt vom großen Strom, gesättigt mit den Düften frühblühender Pflanzen und Bäume – so roch es jedenfalls in ihrer Erinnerung. Genau die richtige Luft, um sich an einem ersten lauen Frühlingsabend spontan zu verlieben. War sie eigentlich verliebt gewesen? Doch, gleich auf den ersten Blick. Und lange genug für das, was folgte.

Emina schob die Hände in die Manteltaschen und ging über den Friedhof zur Kirche. Die große Holztür war verschlossen. Schade. Sie lauschte einen Moment – niemand spielte auf der Orgel. Nur Gänse oder Enten flogen schnatternd über sie hinweg. Sie formierten sich in regelmäßigen Mustern am niedrigen Himmel. Irgendwo bellte ein Hund. Sonst war es still.

Auf der anderen Seite des Dorfplatzes, der Kirche gegenüber, befand sich das Gemeindehaus. Das Gemeindebüro war nur vormittags besetzt, las Emina. Jetzt war es schon weit nach Mittag. Im Schaukasten hing ein Zettel mit Terminplan, wann in welcher Kirche des Landkreises am Sonntag Gottesdienste stattfanden. In St. Laurentius in Lechnow würde am Heiligen Abend um 16 Uhr ein Weihnachtsgottesdienst mit Krippenspiel abgehalten werden. Der Altenkreis, den Diakon Schmidt leitete, fiel in der Woche zwischen den Feiertagen aus. Der Neujahrsgottesdienst würde in der Kirche St. Pankratius in Groß Löwen stattfinden. Emina hatte keine Ahnung, wo das war. Für den Schneedienst war die Küsterin, Frau Griese, zuständig.

Emina schaute über den Dorfplatz, der so ausgestorben vor ihr lag, als wären alle Bewohner des Ortes ausgewandert. Sie hatte Hunger, und sie war müde. Sie war dauernd müde und hatte Hunger. Carola hatte sich schon über sie lustig gemacht, weil sie jetzt immer mit Butterbrotpaketen und Plastikdosen voll Obst- und Gemüseschnitzen zur Arbeit kam. Carola war Kostümschneiderin, genau wie Emina, sie hatten in derselben Werkstatt gelernt und teilten sich nun ein Atelier. Seit Emina schwanger war, hatte sie nicht viel mehr gegessen als früher, aber sie musste wesentlich öfter etwas essen. Besonders in letzter Zeit. Das war auch ganz in Ordnung, hatte ihre Ärztin ihr erklärt. In den letzten Wochen der Schwangerschaft verdoppelte das Kind sein Gewicht. Vor drei Wochen hatte es ungefähr vier Pfund gewogen, jetzt waren es vermutlich schon sechs, und bei der Geburt würde dann vielleicht ein satter Sieben- oder Achtpfünder herauskommen. Emina lächelte bei dem Gedanken an das dralle Baby, legte die rechte Hand an ihre Seite, dorthin, wo meistens seine kleinen Tritte und Knüffe landeten. Sie wandte sich nach rechts, wo das Gasthaus »Zum Goldenen Anker« in der abknickenden Vorfahrtstraße einen Mittagstisch anbot.

Das Gasthausschild war erleuchtet. Emina stemmte die schwere Eichentür auf und prallte zurück vor der dicken Luft in der dunklen, überhitzten Wirtsstube. Obwohl die Kneipe rauchfrei war, schienen die drei Männer, die um einen Holztisch herum saßen und Karten spielten, von dichtem Qualm umgeben zu sein. Aber es war nur die feuchte Wärme, die an den Scheiben kondensierte und sich in Schwaden unter der Decke sammelte.

»Guten Tag«, murmelte Emina.

Die Herren ließen ihre Karten nicht sinken, aber sie hoben die Augen und starrten den Neuankömmling mit ausdruckslosen Mienen an. Auf Eminas Bauch blieben ihre Blicke einen Moment lang ruhen, dann glitten sie zurück in die Karten.

Emina knöpfte ihren Mantel auf und fühlte erleichtert, wie der Druck auf dem Bauch nachließ. Eine junge Frau kam aus der Küche und begrüßte sie. Sie wies auf den freien Tisch am Fenster und brachte die Karte.

»Mittagstisch gibt es aber nur bis 14 Uhr.« Sie sah auf die große altmodische Uhr, die über dem Tresen hing. Sie zeigte auf Viertel nach zwei. »Na gut, weil sie es sind. Wir haben noch ein paar Portionen Fisch da.«

Emina bestellte gebratenen Zander mit Bratkartoffeln und eine kleine Apfelschorle. Zufrieden faltete sie die Hände auf der Tischdecke. Die Wärme der Gaststube tat gut, und sie spürte, wie ihre Hände und Füße prickelnd auftauten.

Die Kellnerin brachte die Apfelschorle. Sie hatte sehr rote Hände, als hätte sie zu lange im kalten Wasser zu tun gehabt. Sie roch nach Kernseife und Zigaretten, ein angenehm frischer Duft.

»Kennen Sie hier vielleicht jemanden, der Christoph heißt? Oder Christian? Er ist ungefähr Ende zwanzig und Musiker. Er spielt zum Beispiel die Orgel in der Kirche.«

Die Kellnerin strich sich eine blonde Haarsträhne aus dem Gesicht und schaute nachdenklich auf Eminas Bauch.

»Hier in Lechnow war ich noch nie in der Kirche. Gibt es da überhaupt eine Orgel? Christoph, sagen Sie? Nee, kenne ich nicht. Wo soll der wohnen?«

»Keine Ahnung.«

»Dann fragen Sie doch Frau Griese. Das ist die Küsterin in der Kirche. Die kennt jeden hier.«

»Und wo kann ich die finden?«

»Sie wohnt gleich gegenüber, auf der anderen Seite des Platzes. Neben dem alten Pastorat. Aber sie ist jetzt vermutlich nicht zu Hause. Montagnachmittags fährt sie immer in die Stadt zum Einkaufen.«

Aus der Küche klingelte es, und die Kellnerin lief schnell davon. Die Männer hatten ihr Skatspiel wieder aufgenommen und murmelten hin und wieder kurze Bemerkungen, schnalzten mit der Zunge und machten ihre Spielansagen. Einer murrte über sein Blatt. Der Älteste, ein dicker, rotgesichtiger Bauer mit nur noch sehr wenigen Haarsträhnen, klatschte lautstark seine Karten auf den Tisch. Er kam Emina vom Frühjahr her bekannt vor. Hin und wieder sah der Jüngste von den dreien kurz zu ihr her. Sein Gesicht war verschlossen, er sah sie nicht an, starrte nur auf ihren Bauch. Er hatte eine speckige Lederjacke an. Alle drei Männer trugen schwere Arbeitsschuhe mit dicken Sohlen, unter denen sich schmutzige Wasserlachen gesammelt hatten.

Emina verspeiste ihr Fischfilet, das gut gewürzt war, aber vor Bratfett triefte, und trank ein zweites Glas Apfelschorle. Dafür würde sie den ganzen Nachmittag über auf Toilettensuche sein – egal. Sie hatte Durst und das Baby auch. Fische wollen schwimmen.

Frau Griese war wie angekündigt nicht zu Hause. Emina trat zurück von der Haustür und musterte das alte Fachwerkhaus, das vor längerer Zeit stilvoll renoviert worden war. Das Haupthaus stand mit der Breitseite zur Straße, der Eingang lag in der Mitte. Große Scheunenflügel rechts und links bildeten hinter dem Haupthaus einen Hof, dessen Einfahrt rechts neben dem Eingang mit Wagen befahrbar war. Es war vermutlich eins der größten Anwesen im Dorf.

Neben der Haustür hing ein altes, weiß emailliertes Arztschild: Dr. Helmut Griese, Tierarzt. Es war ziemlich verwittert, die Nieten waren verrostet. Dr. Griese war wohl schon ein älteres Semester. Ob Frau Griese seine Gattin war? Aber die Ehefrauen von Tierärzten arbeiteten ja meist selbst in der Praxis mit und waren keine Küsterinnen. Vielleicht war sie die Tochter?

Im trüben Licht der Dämmerung betrachtete Emina den Vorgarten, der sehr ordentlich gepflegt war. Die Buchsbaumhecken waren akkurat geschnitten und die kleinen Wege zwischen den Beeten säuberlich geharkt. Emina notierte sich die Öffnungszeiten des Tierarztes und wandte sich um zu ihrem Wagen. Bald würde die Straßenlampe angeschaltet werden, unter der sie ihn geparkt hatte. Sie setzte sich in den Wagen und wickelte sich in ihren Mantel.

»Du musst es Jasper sagen«, hatte Carola gesagt. »Du kannst dein Kind doch nicht mit einer Lüge aufwachsen lassen. Kinder kommen immer dahinter, wenn sie nicht von ihren leiblichen Eltern erzogen werden. Und wenn du es nicht von Anfang an aufklärst, wird es sich schließlich betrogen und verraten fühlen, wenn es von selbst dahinterkommt, dass Jasper nicht sein leiblicher Vater ist. Dann hast du zwei Probleme am Hals: einen Partner, der sich betrogen fühlt, und ein Kind, das belogen wurde.«

»Es wird ein Junge«, sagte Emina leise.

»Scheißegal«, sagte Carola. Carola lebte mit einer Frau zusammen und hatte sich grundsätzlich gegen eigene Kinder entschieden. Nicht, dass sie als Lesbe nicht gewusst hätte, wie man trotzdem ein Kind bekommen konnte – es gab ja genug Frauen und Frauenpaare, die inzwischen jede Menge eigene Kinder bekamen, wobei bei ihrer Erzeugung der Phantasie keine Grenzen gesetzt waren –, aber Carola wollte kein eigenes Kind. Auch kein angenommenes. Ihre Partnerin arbeitete als Psychologin in einem sogenannten »sozial schwachen« Stadtteil. Sie bekam dort so viel Elend und Leid von Kindern und Erwachsenen mit, deren Kindheit ein Fiasko war, dass es ihr für das ganze Leben reichte. »Bei einem adoptierten Kind weiß man letztlich nicht, wie viel Einfluss die Gene haben und wie wenig man als Erzieher hat. Und von alleinerziehenden Müttern oder Vätern halte ich sowieso gar nichts«, meinte sie. Sie hatten oft darüber diskutiert, Emina, Carola und ihre Freundin. Auch ihre anderen Freundinnen zerbrachen sich wegen der Kinderfrage die Köpfe, spätestens wenn sie das magische dreißigste Jahr überschritten. Emina war einunddreißig. Sollte sie nun ein

Kind bekommen oder nicht? Wenn, dann jetzt, sonst war es bald zu spät. Aber war Jasper dafür wirklich der Richtige? Würde ihre Beziehung das aushalten, würde sie es hergeben, dass sie gemeinsam »Eltern« wurden? Musste man sich dafür nicht mehr lieben – oder weniger oder anders? Musste man mehr Zeit haben, mehr Geld, eine andere Arbeit, eine größere Wohnung, ein Haus im Grünen …? Und mussten es nicht am Ende mindestens zwei Kinder werden oder am besten gleich ein ganzer Stall voll? Waren Einzelkinder nicht per se unglückliche Wesen, prädestiniert dazu, Egoisten und Einzelkämpfer zu werden, die nie gelernt hatten zu teilen? Während sie tage-, wochen- und jahrelang darüber diskutierten, waren etliche von ihnen inzwischen schwanger geworden und erfolgreich in die Welt der Mütter und Eltern eingetreten. Andere Frauen hatten sich wie Carola und ihre Partnerin definitiv gegen Kinder entschieden. Nur Emina schwankte noch immer, unentschieden und ungewiss, ob in ihre Beziehung zu Jasper und in ihr eigenes Selbstbild ein Kind passte oder nicht, und wenn ja, ob es ausgerechnet jetzt der richtige Zeitpunkt dafür war. Schließlich hatte sie einfach die Pille abgesetzt. Fast ein Jahr lang hatten sie und Jasper es drauf ankommen lassen – aber nichts war passiert. Insgeheim hatte Emina es schon aufgegeben. Sollte das Schicksal sich gegen ein Kind für sie entscheiden, würde sie damit zufrieden sein und die Entscheidung akzeptieren. So dringend war ihr Kinderwunsch nicht. Für Jasper sah es anders aus, fürchtete Emina, aber sie sprachen nicht darüber. Sie hatten überhaupt wenig Wesentliches miteinander besprochen im letzten Jahr.

Und dann war es eben doch passiert. Ungewollt oder jedenfalls nicht auf diese Weise gewollt, war Emina plötzlich schwanger gewesen – nur leider nicht von Jasper, sondern von einem Fremden. Es war ein Seitensprung, der erste, einzige in der langen Reihe von treuen Jahren der Partnerschaft mit Jasper. Es war eine kleine, spontane Verliebtheit gewesen, eine leichtsinnige, etwas angetrunkene Verrücktheit. So etwas konnte doch jedem mal passieren – schlimm genug, aber kein Drama. Eigentlich unwichtig, prickelnd, belebend, jedoch folgenlos. Sofern man davon nicht schwanger wurde! Zudem in einer Zeit, in der mit Jasper überhaupt nichts gelaufen war im Bett – das war nun wirklich ziemlich blöd gewesen.

Sie wusste von diesem Erzeuger nur noch seinen Namen und dass er hier irgendwo in der Nähe lebte. Und dass er Orgel spielte, Kirchenmusiker war und in Hamburg studiert hatte. Ein Musiker immerhin, das war doch eine gute Erbanlage!

»Ist es wirklich wahr, dass du ihn vorher überhaupt nicht gekannt hast?«, hatte Carola gefragt, als Emina sich ihr in einer schwachen Stunde anvertraut hatte. »Es passt so gar nicht zu dir. Du bist doch sonst so solide. Lief da nicht vielleicht schon länger was mit euch?«

Emina schüttelte den Kopf.

»Ein richtiger One-Night-Stand?«

»Muss man wohl sagen, ja.«

Carola schüttelte den Kopf. »Tja, so wenig kennt man sich, auch wenn man schon so lange befreundet ist wie wir beide. Aber warum eigentlich nicht? Mir hätte das auch passieren können.«

Emina zeichnete die Muster der Tischdecke nach, die sie aufgelegt hatte, Tannenzweige, die zu kleinen Kränzen angeordnet waren, die wiederum eine Anordnung von großen und kleinen Kränzen um eine Mitte bildeten. Eine Tischdecke für die Adventszeit, dabei war es gerade erst Mitte November, und der erste Advent war noch drei Wochen hin. Sie liebte die Decke und konnte sie gar nicht früh genug auflegen. Sie hatte sie von ihrer Großmutter geerbt. Dazu gab es bei ihr auch schon lange Weihnachtsgebäck, das sie immer Ende September kaufte, wenn es noch frisch war, und nicht erst in der Vorweihnachtszeit, nachdem es monatelang in den Läden herumgestanden hatte. Wenn sie so weitermachte, wurde sie noch ein richtiger Weihnachtsfreak, genau wie ihre Großmutter. Die hätte am liebsten das ganze Jahr über ihre Wohnung mit Tannenzweigen dekoriert. Die schönsten dunkelroten Weihnachtssterne und Amaryllis hatten in jedem Zimmer geprangt, und ab September gab es überall Kerzen und Teelichter, um die Dunkelheit zu vertreiben. Leider war Großmama vor ein paar Jahren gestorben.

»Ist ja letztlich auch egal«, hatte Carolas Freundin Tatjana gemeint. »Vielleicht wärst du von Jasper niemals schwanger geworden. Vielleicht passt ihr in dieser Hinsicht einfach nicht zueinander. Aber nun geht es darum, mit der Sache richtig umzugehen.«

Emina zuckte die Achseln.

»Dein Vater war immer da«, fuhr Tatjana fort. »Du weißt nicht, wie das ist, wenn man seinen Erzeuger nicht kennt. Wenn man keinen Vater hat, den man den anderen Kindern präsentieren kann. Der einen zur Schule fährt und abends von der S-Bahn abholt, wenn man viel zu spät aus der Disko heimkommt und Mutter stinksauer zu Hause sitzt und auf einen wartet. Du kannst nichts dafür, dass du das nicht weißt, sei froh drum. Aber tu es bitte nicht deinem Kind an. Jeder Mensch hat ein Recht darauf zu wissen, woher er kommt. So wie jedes Kind ein Recht darauf hat, von mehreren Menschen aufgezogen zu werden. Es gehört nicht dir allein.«

Emina seufzte. Genau so hatte sie es sich vorgestellt. Von nun an stand das Kind im Mittelpunkt ihres Lebens. Ihre eigenen Interessen waren ab sofort gleichgültig, mussten hinten angestellt werden, wie früher, als man selbst noch Kind gewesen war. Was sie gewollt hatte, hatte nie eine Rolle gespielt, den Ton gaben immer die Erwachsenen an. Und zwar beide zusammen, Mutter und Vater. Es tat ihr ja leid, dass Tatjana so viele Kinder ohne Vater kannte, sie würde auch nicht mit ihnen tauschen wollen. Sie hatte ihren Vater immer geliebt und für ihr Gefühl war er viel zu früh gestorben, als er vor ein paar Jahren an Lungenkrebs dahinsiechte. Aber die reine Freude war es trotzdem nicht gewesen, in einer sogenannten heilen Familie groß zu werden, mit Mutter, Vater, Bruder und Großeltern. Es waren andere Härten, die ein Kind zu ertragen hatte in dieser schützenden

Familienburg. Subtile Zucht- und Unterdrückungsmechanismen, offene Machtkämpfe, Manipulationen und nicht selten ein hoher Grad an emotionaler Verwahrlosung, der sich bestens verstecken konnte hinter der harmlosen Fassade der normalen Familien.

»Du musst es Jasper jedenfalls sagen«, meinte Carola. »Jetzt sofort. Hast du Angst, dass er dir davonläuft?«

»Schließlich habe ich ihn betrogen. Und außerdem freut er sich so sehr auf das Kind. Auf sein Kind.«

»Ja, Mist«, sagte Carola und strich Emina teilnahmsvoll über den Rücken. »Das wird kein leichtes Gespräch. Aber es gibt keinen anderen Weg.«

Da waren Emina zum ersten Mal die Tränen in die Augen gestiegen. Bitter hatte die Reue in ihrer Brust gebrannt. Wie hatte ihr das nur passieren können? Wie hatte sie Jasper betrügen können? Es war ein Albtraum, in dem sie nun schon fast acht Monate lang lebte und der einfach nicht aufhörte. Als ihre Tage ausgeblieben waren, zwei oder drei Wochen nach dem Ereignis, hatte sie die Sache einfach verdrängt. Sie hatte so viel zu tun gehabt, sie hatten ein großen Auftrag für die Staatsoper erhalten, über zwanzig Kostüme für das Kinderballett, tagelang Anproben, Materialeinkäufe, dann die Maßanfertigungen, jedes einzelne Kostüm. Der größte Auftrag, den sie und Carola je an Land gezogen hatten. Jasper hatte sie nur noch spätabends und am Wochenende gesehen. Danach war er dauernd verreist gewesen, und dann waren sie nur noch todmüde gewesen und hatten kaum Zeit gehabt für ein vertrautes Gespräch.

Sie hatten endlich wieder ein paar Mal miteinander geschlafen, zum Glück – sonst wäre Jasper hinterher womöglich doch misstrauisch geworden. Aber Emina wusste genau, dass es zu diesem Zeitpunkt schon längst passiert war – sie war schwanger, sie spürte es im ganzen Körper. Aber sie hatte es immer noch geschafft, die Wahrheit zu verdrängen, sie beiseitezuschieben. Bis schließlich diese schreckliche Übelkeit am Morgen einsetzte und sie verriet.

»Du bist wohl schwanger«, hatte Carola geulkt, als sie eines Morgens mitbekam, wie Emina sich in der Toilette des Ateliers übergab.

»Spinnst du?«, sagte Emina. »Wie kommst du denn darauf?«

Aber am selben Nachmittag noch war sie in die Apotheke gegangen und hatte sich einen Schwangerschaftstest geben lassen. Das verschwörerische Lächeln der Apothekerin hatte sie fürchterlich geärgert. Was dachten die sich denn alle – sie war nicht schwanger! Aber dann erschien da dieser kleine, orangefarbene Ring in dem Teströhrchen, ganz eindeutig und unwiderlegbar. Emina konnte keinen folgerichtigen Gedanken mehr fassen. Weil sie natürlich ganz genau wusste, dass die Sache einen Haken hatte. Statt freudig Jasper anzurufen, hatte sie sich in aller Eile einen Notfalltermin bei ihrer Frauenärztin für den nächsten Vormittag besorgt. Und dann hatte sie es sozusagen schriftlich bekommen: Sie war schwanger, cirka zehnte Woche. »Glückwunsch«, hatte die Ärztin gesagt. »Heutzutage bemerken es die Frauen normalerweise schon viel früher. Manche haben schon nach vierzehn Tagen den richtigen Riecher, spätestens in der fünften Woche stehen sie hier auf der Matte. Sie wollen das Kind doch bekommen, oder?«

Emina hatte genickt. Natürlich würde sie das Kind bekommen, das war überhaupt keine Frage. Was konnte das Kind dafür?

»Na, dann gucken Sie mal nicht so bedröppelt. Der Rest wird sich schon finden. Da sind Sie nicht die Erste, der es so geht.«

Und der Rest hatte sich dann wirklich ziemlich schnell gefunden, schneller, als Emina mit den richtigen Erklärungen hatte nachkommen können.

»Jasper hat gleich zweimal vier Monate Vaterschaftsurlaub beantragt«, sagte Emina. »Sein Chef war sehr dagegen, er hat ihm sogar gedroht, dass er ihn dann vielleicht nicht in der Kanzlei halten kann. Aber Jasper hat sich nicht beirren lassen. Er hat direkt gekündigt und sich als Anwalt selbständig gemacht. Und bisher hat er supergut zu tun. Und er ist völlig aus dem Häuschen, weil er Vater wird.«

Carola hatte Eminas kalte Hände ergriffen, die wie zwei tote Vögelchen auf der Tischdecke lagen. »Er wird ja auch Vater! Wirklich, Emina. Er wird Vater, auch wenn er nicht der Erzeuger des Kindes ist. Wenn ihr es so wollt. Du wirst sehen, Emina, das wird sich alles finden. Du bist stark, und du bist von Grund auf ein ehrlicher Mensch. Du sagst jetzt zuerst Jasper, wie sich die Dinge verhalten, und dann informierst du den Erzeuger. Alles andere wird sich regeln. Spiel einfach mit offenen Karten. Sonst machst du dir das Leben zu schwer. Über alles weitere mach dir keine Sorgen.«

Und dann hatte sie ein Päckchen Papiertaschentücher spendiert und sich selbst auch eins genommen.

Nach ungefähr einer Stunde war es im Auto so kalt geworden, dass alle Scheiben beschlagen waren. Frau Griese war noch immer nicht aufgetaucht. Emina fror und musste dringend zur Toilette. Es hatte ganz zart angefangen zu schneien, und der Kirchplatz war mit einem weißen glitzernden Flaum überzogen. Emina ließ den Wagen stehen und ging zu Fuß zurück zum Gasthaus, vorsichtig einen Fuß vor den anderen setzend. Ihr Übernachtungsgepäck hatte sie in einem Rucksack verstaut.

In der Gastwirtschaft war es jetzt laut und voll. Ein paar Landarbeiter saßen am Tresen und tranken ihr Feierabendbier. Alle Tische waren besetzt, mit Leuten aller Altersgruppen, die auf ihr Essen warteten. Wo kamen die Leute nur alle her? Auf dem Parkplatz draußen standen kaum Autos.

Die junge Frau, die am Nachmittag bedient hatte, war nicht mehr da. Der Wirt musterte Emina bedenklich und brummte: »Ein Zimmer wollen Sie? Ich habe gar keine Hilfe heute, kann nicht auch noch die Betten machen. Aber in Ihrem Zustand – wenn Sie mit einer Kammer ohne Bad und WC zufrieden sind? Wir sind hier nicht das Hilton.«

»Ist schon okay.« Emina war froh, überhaupt bleiben zu können. Sie war plötzlich furchtbar müde und wollte sich nur noch hinlegen. Einen heißen Tee würde sie noch trinken und dann ab ins Bett.

»Und, hast du Renate gefunden?«, fragte eine junge Frau mit zotteliger Wolljacke, an der jede Menge langer Tierhaare hingen.

Emina sah sie überrascht an. Die Frau war nicht viel älter als sie selbst, wirkte aber älter, weil sie ein bisschen verwahrlost aussah. Ihr blondes Haar hing ihr strähnig und ungewaschen ins Gesicht. Ihre Fingernägel trugen schwarze Trauerränder und der scharfe Stallgeruch, der Emina deutlich in die Nase stieg, strömte eindeutig von ihr aus.

»Renate?«

»Babette hat erzählt, dass du sie suchst.«

»Ich habe stundenlang auf Frau Griese gewartet, aber sie ist bis jetzt nicht nach Hause gekommen. Der Tierarzt auch nicht.«

»Der kommt auch nicht mehr. Der ist schon vor zwei Jahren gestorben.«

»Ach so. Aber das Schild hängt immer noch dort.«

Die Frau zuckte die Achseln. »Ja, klar. Er war ihr Vater. Renate musste heute in die Stadt wegen des Amtsarztes. Das kann dauern.«

»Wegen des Amtsarztes?«

»Na ja, der Tieramtsarzt. Man hat sie doch angezeigt wegen ihres alten Schimmels.«

Emina zuckte hilflos die Achseln. »Ich habe keine Ahnung. Ich kenne die Frau ja gar nicht. Ich wollte sie nur etwas fragen.«

Die Frau mit der Zotteljacke ging nicht auf Eminas Einwand ein, legte nur eine Hand an den Mund und beugte sich zu ihr vor: »Eine ganz miese Sache. Da steckt vermutlich ihre Schwägerin dahinter. Wer sonst hier würde Renate Griese wegen des alten Schimmels anzeigen? Das Tier ist zwanzig Jahre alt und kriegt seit zehn Jahren bei ihr sein Gnadenbrot. Er war das Reitpferd vom alten Doktor. Damit ist der noch bei Wind und Wetter über die Weiden geritten, wenn man mit keinem Wagen mehr durch den Matsch kam. Als er nach seiner OP nicht mehr reiten durfte – Prostata, glaube ich –, haben sie Prinz aufs Gnadenbrot gesetzt. Und nun kriegt Renate eine Anzeige wegen Tierquälerei, das ist doch nicht zu glauben! Niemand hat so ein Händchen für alte Pferde wie Renate, stimmt's, Jupp?«

Der Wirt brummte nur und zapfte sein Bier.

»Ich dachte, Frau Griese sei hier die Küsterin.«

Die Frau zuckte die Achseln und trank ihre Cola in einem Zug aus. »Kann sein«, sagte sie. »Ich bin übrigens die Heidi. Ich bin Tierheilpraktikerin.«

Emina schüttelte die angebotene Hand und stellte sich ebenfalls vor.

»Und wann ist es so weit?«, fragte Heidi und zeigte auf Eminas Bauch.

»Dauert noch ein bisschen«, meinte Emina. »Beim ersten kann es sowieso auch länger dauern.«

»Sieht aus, als dauere es eher schneller«, meinte Heidi grinsend. Ihre obere Zahnreihe war in den hinteren Bereichen nicht mehr ganz vollständig. »Und da fährst du hier noch durch die Gegend und besuchst Leute? Ganz schön mutig.«

»Nun hat man endlich mal Zeit dazu. Ich habe noch bis letzte Woche gearbeitet.«

»So, so. Gehört dir der Smart da draußen?«

Emina nickte. »Kennst du nicht zufällig jemanden hier, der Christoph heißt? Oder Christian?«

»Christoph? Nee, ich glaube nicht. Aber ich habe kein gutes Namensgedächtnis, interessiere mich nicht so sehr für Menschen. Hier leben so viele, die kommen und gehen – die kann man nicht alle mit Namen kennen. Aber ihre Viecher, die kenne ich alle. Der da drüben zum Beispiel, der Typ mit der Lederjacke.« Sie zeigte auf den jüngsten der drei Skatspieler, die entweder schon wieder oder seit dem Nachmittag ununterbrochen spielten. »Der war mal mit seinem Hofhund bei mir. Das Tier hatte einen Leberriss und total zerschnittene Pfoten. Vor dem musst du dich in Acht nehmen, der ist nicht in Ordnung. So etwas passiert nur Tieren, die nicht gut behandelt werden. Der daneben mit dem roten Kopf, der alte Zech, der ist ziemlich gut zu seinen Viechern. Dafür prügelt er seine Frau. Aber eine Kuh kannst du jederzeit von ihm kaufen, damit kannst du nix falsch machen.«

»Ich wollte eigentlich keine Kuh kaufen, sondern nur einen Bekannten wiedertreffen.« Emina lächelte. »Na, vielleicht weiß Frau Griese ja, wo Christoph jetzt zu finden ist.«

»Renate ist auf jeden Fall morgen Nachmittag in der Probe. Da findest du sie dann in der Kirche.«

»Eine Probe für was?«

»Für das Krippenspiel am Heiligen Abend. Die Kinder freuen sich schon das ganze Jahr drauf.«

»Da gehen alle zusammen hin und schauen es sich an?«

»Anschauen? Nein, die Kinder machen natürlich alle mit. Ich auch, mit meinen Lamas.«

»Lamas?«

»Ja, ich habe eine kleine Herde, sieben Stück. Habe schon zweimal Jungtiere gehabt.«

»So wohl fühlen die sich hier?«

»Warum nicht? Die haben ein dickeres Fell als wir.«

»Ich dachte, sie gehören in ferne Länder.«

»Sie kommen ursprünglich aus Südamerika, aus den Andenländern. Aber ursprünglich stammen unsere Hunde aus Asien, und unsere Katzen sind auch nicht von hier. Ist immer alles in Bewegung.«

»Und ihr macht ein Krippenspiel mit echten Tieren? Das ist ja toll.«

»Das hat hier Tradition. Jede Kirche hat ihr eigenes Krippenspiel, das zieht die Leute in die Kirche. Macht aber viel Arbeit.«

»Kann ich mir denken. Vielleicht sehen wir uns dann morgen Nachmittag.«

Heidi hob die Hand zum Abschied, und Emina winkte ihr noch mal zu, ehe sie dem Wirt folgte, der sie auf ihr Zimmer brachte.

Am Morgen wachte Emina von der Stille auf – jedenfalls schien es ihr so, als sie die Augen aufschlug. Es war so wunderbar still, dass sie glaubte, es nicht nur hören, sondern sogar fühlen zu können. Hin und wieder krächzte eine Krähe, ein Hund bellte, ein Motorengeräusch kam näher und entfernte sich wieder. Sonst hörte man nichts. Keine Spur dieses tiefen, dichten Rauschens, das in der Stadt so allgegenwärtig war, dass man es im Alltag gar nicht mehr wahrnahm. Es belastete den Körper aber trotzdem, denn das unbewusste Nicht-Hinhören kostete viel mehr Kraft als das bewusste Hören, hatte ihr mal ein Meditationslehrer erzählt.

Emina hatte tief und fest geschlafen und fühlte sich so gut ausgeruht wie schon lange nicht mehr. Unter dem dicken Federbett war es herrlich warm gewesen. Jetzt traute sie sich nicht, es aufzudecken und sich der Kälte des ungeheizten Raums auszusetzen. Vorsichtig machte sie sich ein wenig Luft um den Hals herum. Hui war es hier bitterkalt, noch viel kälter, als sie befürchtet hatte. Sie konnte sich nicht erinnern, jemals in einem Raum ohne Heizung geschlafen zu haben. Nicht im Winter jedenfalls. Sie war in einer zentralgeheizten Neubauwohnung bei ihren fürsorglichen Eltern aufgewachsen. Und Jasper, mit dem sie nun seit fast fünf Jahren zusammenwohnte, konnte Kälte überhaupt nicht leiden. Wenn der Herbst die ersten frostigen Nächte in Norddeutschland bescherte, rief er sofort bei der Hausverwaltung an und bat darum, dass die Heizung höher eingestellt wurde. Wenn sie zusammen irgendwo hinfuhren, achtete er immer darauf, dass der Komfort stimmte: Hotelzimmer nahm er nur mit Wannenbad, lieber blieb er zu Hause, als Dusche oder gar

Toilette über einen Flur benutzen zu müssen. Kälte dieser eisigen Art hätte Jasper keine Sekunde akzeptiert. Er war wirklich ein guter Kumpel, ein intelligenter, hilfreicher und liebenswerter Mann, aber sportlich und hart im Nehmen war er nicht. Nein, das konnte man von ihm wirklich nicht sagen.

Insofern war auch seine Reaktion auf die schlechte Nachricht, dass das Baby, das sie bald bekommen würden, mit größter Wahrscheinlichkeit nicht von ihm stammte, eigentlich vorherzusehen gewesen. Er hatte geweint.

Emina zerriss es noch jetzt das Herz, wenn sie daran dachte. Sie hatte sich gleich nach dem Gespräch mit Carola ein Herz gefasst und Jasper die Wahrheit gesagt. Der Zeitpunkt war bestimmt nicht gut gewählt gewesen. Aber Emina hatte Angst gehabt, wenn sie weiter abwarten würde, würde sie es vielleicht doch nicht schaffen.

Jasper hatte einen langen Tag gehabt und kam erst spätabends heim, es war schon nach zehn Uhr. Seine Rechtsgebiete als Anwalt waren Arbeits- und Sozialrecht, keine Bereiche, mit denen sich viel Geld verdienen ließ. Aber er hatte nun mal eine soziale Ader und setzte sich mit Feuereifer für seine Mandanten ein. »Kleinvieh macht auch Mist«, sagte er immer, wenn er am Sonntagnachmittag noch mal in die Kanzlei ging, um ellenlange Klagebegründungen oder komplizierte Rechnungen zu schreiben. Viele lange Schriftsätze und viele kleine Rechnungen. Das Geld für eine Anwaltsgehilfin, die ihm die Arbeit erleichtert hätte, warf seine Kanzlei noch nicht ab.

Emina hatte den ganzen Abend über in der Wohnung herumgekramt. Erst hatte sie die Küche aufgeräumt, dann das Bad geputzt und, als Jasper nach der *Tagesschau* noch immer nicht aufgetaucht war, angefangen, das große Bücherregel im Flur abzustauben. Das war schon lange nötig gewesen, aber eigentlich hätte sie besser erst nach der Geburt wieder auf Leitern kraxeln und Bücher schleppen sollen. Nun schien ihr diese Tätigkeit gerade richtig, um sich abzulenken.

Als Jasper den Schlüssel ins Türschloss steckte, stand sie gerade ganz oben auf der Leiter und war dabei, die obersten Regale abzuwischen. Die Bücher lagen überall um sie herum auf dem Boden verstreut. Es sah aus wie bei einem Umzug.

Jasper fing gleich an zu schimpfen. Er befahl ihr, sofort die Leiter herunterzukommen und nicht noch einmal hochzusteigen, er würde die Bücher selbst wieder aufstellen, morgen oder am Wochenende. Emina schlich hinter ihm her ins Wohnzimmer, das blitzblank und ordentlich war. Sie setzten sich in die Couchecken, Emina holte Jasper ein Bier und für sich selbst eine Saftschorle.

Und dann hatte sie es ihm gesagt. Einfach so.

Jasper hatte die Bierflasche mit beiden Händen umfasst und sie durch seine runde, randlose Brille fassungslos angestarrt. Er hatte wunderschöne blaue Augen, so blau wie Lapislazuli, Eminas Lieblingsschmuckstein. Aber in diesem Moment waren seine Augen ihr fast schwarz erschienen, es musste am dämmerigen Licht der Couchlampe gelegen haben.

Er hatte gar nichts gesagt. Nur vor sich hin gestarrt mit einer Traurigkeit, die ihr fast das Herz zerriss. Irgendwann hatte er den Kopf gesenkt und das Kinn auf die Brust sinken lassen. Und dann waren ein paar dicke Tränen von seinen Wangen getropft. Er hatte ausgesehen wie ein kleiner Junge, dem man sein Lieblingsspielzeug genommen hatte und der vor Kummer und Enttäuschung keine Worte mehr fand.

Emina hatte sich neben ihn gesetzt, ihn in den Arm genommen, ihn um Entschuldigung angefleht.

»Es ist unser Kind, es ist dein Kind genauso wie meins. Bitte, Jasper, sag, dass es nichts ändert für dich. Es war nur ein Ausrutscher von mir, es hat überhaupt nichts zu bedeuten. Wir beide konnten ja offenbar kein Kind zusammen machen, so etwas gibt es. Das ist doch nicht so schlimm. Hauptsache, wir bekommen ein Baby, und es ist gesund und gehört zu uns.«

Aber Jasper hatte nichts gesagt und nichts getan. Mit keiner Geste hatte er angezeigt, dass er ihr verzieh. Er war auch nicht böse geworden, er hatte sie nicht beschimpft oder beschuldigt. Er hatte einfach nur geschwiegen. Irgendwann war er ins Bett gegangen. Und als Emina hinterhergekommen war, hatte er schon geschlafen. Oder so getan als ob.

Am nächsten Tag hatte er ihr gesagt, dass er Zeit brauche, um mit der Sache fertig zu werden. Seitdem hatten sie nicht wieder darüber gesprochen. Das war nun drei Wochen her. Drei lange, schwere Wochen.

Emina warf mutig die Daunendecke ab und stemmte sich aus den weichen Matratzen. Sie zog sich ihren Pulli über und spähte aus der Zimmertür – der Flur war frei, Waschraum und Toilette lagen genau gegenüber. Aber leider waren auch diese Örtlichkeiten nicht geheizt. Auf der Klobrille würde man anfrieren, wenn man zu lange darauf verweilte. Sich zum Duschen zu entkleiden hätte heldenhafte Kräfte erfordert. Eminas Tapferkeit reichte nur für eine Katzenwäsche am Waschbecken, unter einem fein rinnenden Strahl eiskalten Wassers, und anschließendem Warmrubbeln mit dem briefmarkengroßen, durchgewetzten Handtuch, das sie in ihrem Zimmer gefunden hatte. Dann pirschte sie wieder ungesehen über den Flur und fand ihr Zimmer inzwischen viel wärmer, obwohl die Eisblumen am Fenster kein bisschen getaut waren. Eisblumen kannte sie nur aus einem Skiurlaub in Norwegen – aber da hatte das Thermometer minus zwanzig Grad angezeigt. Und sie waren lange nicht so hübsch und fein gezeichnet gewesen wie diese hier, fast so schön wie die Jugendstilgravur an der Haustür der Gastwirtschaft.

Die Kirchturmuhr schlug acht Uhr. Emina zog wieder alle drei Pullover übereinander und schüttelte die Bettdecke auf, bis die Daunenfedern durch die Luft flogen. Mutig riss sie die Fensterflügel auf. Es musste mächtig gefroren haben. Hinter dem Friedhof lag eine überschwemmte Wiese, die über Nacht zugefroren war. Ein kleiner Junge stand auf Schlittschuhen am Rand der Eisfläche und versuchte immer wieder, einen Fuß aufs Eis zu setzen, das sofort zerbrach. Von Erwachsenen oder älteren Geschwistern keine Spur. Nur ein großer, schwarzer Hund mit langem Fell saß neben ihm und sah seinem Treiben aufmerksam zu. Vielleicht würde er so geistesgegenwärtig sein und den Jungen retten, falls er in das eisige Wasser fallen würde?

Ein Blick auf ihr Handy zeigte keine neuen Nachrichten oder entgangenen Anrufe. Ein kleiner Schmerz zog durch ihre Brust. Sehnsucht nach Jasper. Was würde sie darum geben, wenn er ihr endlich verzeihen könnte! Aber es lag nicht in ihrer Macht, ihn dazu zu bringen. Also musste sie ihr Programm fortsetzen, ganz wie sie es geplant hatte.

Das Baby fing an zu strampeln und Eminas Atem hinterließ eine weiße Fahne in der eisigen Luft, die ins Zimmer strömte. Der Junge gab seinen Versuch, das Eis zu betreten, fürs Erste auf und stolzierte auf den Schlittschuhkufen über einen Feldweg davon. Der Hund trottete treu hinter ihm her.

# *Maria*

»Ja, dann kommen Sie doch herein, pünktlich wie die Kavallerie, was?« Eine kleine, drahtige Frau in grauen Reithosen und einem dicken Troyer hielt die Tür sperrangelweit auf und sah Emina aus stechenden, scharf blickenden Augen an. Sie hatte kurze, graue Haare, und alles an ihr war praktisch, energisch und ungeduldig. »Was ist? Sind Sie da draußen angefroren? Ich heize mein Haus nicht gern zur Tür hinaus.«

Emina trat in den Hausflur, der sich temperaturmäßig wenig von der Außenwelt unterschied, was aber angesichts der Größe der Diele und der stark gesunkenen Temperaturen keine große Überraschung war. Die Tür fiel geräuschvoll hinter ihr ins Schloss, und sie stand mit Renate Griese im Halbdunkel.

»Einen Moment noch«, meinte die Hausherrin. »Wir gehen am besten durch den Stall, dann können Sie sich gleich von den hygienischen Verhältnissen dort überzeugen. Die Pferde sind auf der Weide hinter dem Haus. Seit einer halben Stunde übrigens. Ich lasse sie im Winter erst um zehn Uhr morgens raus und hole sie wieder rein, wenn es dunkel wird.«

»Äh, ich glaube, es handelt sich um ein Missverständnis«, stotterte Emina. Aber Frau Griese war schon durch eine der diversen hellen Holztüren verschwunden, die vom Flur abgingen. Ein Gemisch aus mildem Stallgeruch und Desinfektionsmitteln lag in der Luft. »Wartezimmer« stand auf der Tür gleich links von ihr. »Sprechzimmer« auf der nächsten. Schon kam Frau Griese zurück und durchquerte den Flur, ohne Emina anzusehen. Sie trug jetzt eine dunkle, fleckige Daunenjacke und eine grüne Wollmütze mit Ohrenklappen.

»Hier entlang.«

»Frau Griese, bitte, einen Augenblick.«

Die grimmige Reiterin blieb vor einer größeren Holztür auf der rechten Seite stehen, die Hand auf der eisernen Türklinke. Sie sah Emina aus ihren kleinen Augen an. Es waren die stechenden Pupillen, die dem Blick die Schärfe gaben. »Was ist denn?«

»Ich glaube, es handelt sich um ein Missverständnis. Mein Name ist Emina Wanka. Ich bin nur gekommen, um Sie zu fragen, ob Sie einen Orgelspieler hier in der Gegend kennen. Ich weiß nicht, was – also ich habe gar nichts mit Pferden zu tun. Ich …«

»Sie sind nicht Frau Doktor Renner vom Veterinäramt? Und ich habe mich schon gewundert, dass die Frauen heutzutage sofort schwanger werden, sowie sie eine Beamtenstelle bekommen. Frau Doktor Renner ist ja noch kein Jahr im Dienst.«

»Ich bin nicht Frau Doktor Renner.«

»Verstehe ich nicht.« Renate Griese sah ärgerlich aus, als hätte Emina sie an der Nase herumgeführt. »Was wollen Sie dann hier?«

»Ich suche jemanden, der …«

Es klingelte so laut, dass Emina vor Schreck zusammenfuhr. Die Klingel stammte noch aus dem vorletzten Jahrhundert und schrillte genau über ihr an der Wand. Frau Griese war schon an der Tür.

»Ja?«, fragte sie misstrauisch.

Eine große, schlanke junge Frau stand vor der Tür und zog ihre gefütterten Handschuhe von den Fingern.

»Dr. Renner«, sagte sie und reichte Frau Griese die Hand.

Dann begrüßte sie Emina mit einem freundlichen Lächeln, trat in die Diele und fingerte ein paar Unterlagen aus einer Ledermappe, die sie unter dem Arm trug. Frau Griese riss die Tür zum Stall auf.

»Na, jetzt aber – hier geht es lang«, sagte sie und ließ die Amtsärztin vorangehen. Emina blieb nichts anderes übrig, als den beiden Frauen zu folgen.

Der Stall war riesengroß. Rechts und links eines klinisch sauber gefegten Gangs befanden sich mindestens zwanzig Pferdeboxen, die alle tipptopp sauber waren. Nur in zwei Boxen lag Heu in der Raufe und Stroh am Boden. Die Schiebetüren dieser beiden Ställe standen offen.

Am anderen Ende des Stalls gelangte man durch eine breite Stalltür in den Innenhof, der sich an der Rückseite zur Weide hin öffnete. Die Tiere konnten vom Stall aus direkt ins Freie gelassen werden.

Die Amtsärztin trat zu Renate Griese ans Gatter der Weide. Zwei sehr alte Pferde trotteten langsam auf sie zu. Ihre Knochen stachen durch die ledrige Haut, Rücken und Bäuche hingen tief herunter. Ihr Fell war struppig, aber winterlich dick und kräftig. Sie schienen in der frostigen Luft nicht zu frieren und fanden wohl auch immer noch ein paar Grasbüschel unter der frischen Schneedecke. Ihre Augen glänzten, und sie sahen beide aus, als ob sie sich freuten, Besuch zu bekommen.

»In der Anzeige wurde angegeben, dass es sich um zwei sehr alte Tiere handelt, mindestens zwanzig Jahre alt, die offenkundig unterversorgt sind. Sie wurden in der Anzeige als ›klapperdürr‹ beschrieben«, fasste die Amtsärztin zusammen. Dann reichte sie Renate Griese ein Papierstück und betrachtete mit ruhigem Blick die Pferde.

»Wenn ein Pferd zwanzig Jahre alt ist, ist es nun mal klapperdürr, weil es nicht mehr viel frisst«, sagte Frau Griese. »Prinz hat schon lange keinen Appetit mehr, ich habe alles Mögliche versucht. Es war das Pferd meines Vaters, früher, als er noch geritten ist. Das ist ungefähr zehn Jahre her. Nach seiner Krebs-OP durfte er nicht mehr aufs Pferd. Wir haben Prinz und Filou aufs Altenteil gesetzt. Seitdem lassen sie es sich gutgehen. Als mein Vater starb, hörte Prinz einfach auf zu fressen. Pferde haben auch eine Psyche, nicht wahr?«

»Unbedingt«, sagte Frau Dr. Renner. »Ich habe Ihren Vater übrigens noch gekannt. Er hatte einen ausgezeichneten Ruf als Veterinär.«

»Natürlich«, sagte Frau Griese.

»Haben Sie noch mehr Pferde in Pflege? Sie haben ja wirklich viel Platz.«

»Nein, ich versorge nur diese beiden hier, weil sie zur Familie gehören. Ich habe auch so genug zu tun. Der Pferdestall war das Hobby meines Vaters. Er hat den Stall seiner Urenkelin vermacht. Aber die ist noch ein Kind, und es wird noch eine Weile dauern, bis sie ihr Erbe antreten kann.«

»Die Anzeige wurde von Ihrer Schwägerin erstattet. Sehe ich das richtig?«

Frau Griese nickte. »Wir haben schon lange nichts mehr miteinander zu tun. Aber sie ist der Ansicht, bis ihre Enkelin so weit ist, könnte sie an ihrer Stelle den Reitstall nutzen. Sie hat sich ausgedacht, die Boxen zu verpachten. Und ich habe dann den ganzen Hof voll fremder Leute. Das kommt überhaupt nicht in Frage.«

»Es steckt also eine Erbschaftsstreitigkeit dahinter?«

Renate Griese zuckte die Achseln. »Was soll ich dazu sagen? Mir wird ja immer alles zum Nachteil ausgelegt.«

Die Ärztin öffnete das Gatter und sah sich die Pferde gründlich von nahem an. Die Tiere ließen sie gewähren, aber vor allem Prinz, der Schimmel, blieb wachsam und nervös. Er war wirklich sehr mager, doch er schien nicht krank zu sein, und sein Fell war auch nicht vernachlässigt. Er war einfach nur sehr alt.

Als Dr. Renner mit ihrer Untersuchung fertig war, schüttelten die Pferde ihre Mähnen und trabten gemächlich in der Sonne eine Runde über die Weide.

»Sie müssen sie wieder zum Fressen bringen, vor allem den Schimmel. Sonst macht er es nicht mehr lange«, sagte die Ärztin.

»Das ist mir klar. Aber ich kann es ihm ja nicht reinstopfen.«

»Geben Sie ihm Leinöl über den Hafer, das wird seinen Appetit anregen.«

Renate Griese nickte.

Die Ärztin wandte sich um und lächelte Emina zu. »Gehören Sie auch hier zum Hof?«

»Nein«, stotterte Emina. »Ich wollte nur … ich wollte nur etwas fragen.« Sie legte ihre Hände rechts und links an den Bauch, eine blöde Angewohnheit, sich wie die meisten Schwangeren dauernd irgendwie an den Bauch zu fassen.

»Wann ist es denn so weit? Ich habe auch zwei Kinder, sie sind zwei und vier. Zwei Mädchen.«

»Die zieht wohl ihr Mann groß«, sagte Frau Griese spitz.

»Ja.« Die Ärztin lachte. »Mein Mann und ein Kindermädchen und zwei Großmütter und ein Großvater. Und ich übrigens auch, wenn ich abends nach Hause komme. Aber mein Mann ist Bildhauer, er kann zu Hause arbeiten, im Unterschied zu mir. Einer muss ja regelmäßig Geld heimbringen, nicht wahr?«

»Stimmt«, sagte Emina und verkniff es sich, noch einmal über den Bauch zu streichen. Das Baby tobte und rumorte. Vermutlich gefiel ihm der Sonnenschein, der sie gerade heftig auf der Nase kitzelte.

Renate Griese ging zurück zum Stall, während Emina mit der Ärztin in Windeseile die wichtigsten Schwangerschaftserfahrungen austauschte.

»Und was ist nun mit der Anzeige?«, fragte Frau Griese, als sie wieder in der düsteren Diele ankamen.

»Ich komme nächste Woche noch mal vorbei und schaue mir den Schimmel an. Probieren Sie es mit dem Leinöl. Wenn es nichts hilft, denke ich, sollten wir einen Tierarzt hinzuziehen.«

»Nächste Woche sind die Feiertage«, blaffte Frau Griese. »Da habe ich keine Zeit für lange Besuche.«

»Stimmt«, sagte die Ärztin, ohne im Geringsten auf den unfreundlichen Ton zu reagieren. »Dann bin ich auch nicht im Dienst, sondern feiere gemütlich mit meiner Familie Weihnachten. Dann wird es halt die erste Januarwoche, okay?«

»Die glauben, mit mir können sie es ja machen«, murmelte Frau Griese, als die Ärztin gegangen war. »Und was soll ich auch unternehmen? Gegen so eine hinterhältige Beschuldigung kann man sich ja nicht wehren.«

»Sie sollten sich einen guten Anwalt nehmen«, sagte Emina und suchte in ihrer Handtasche nach den Visitenkarten. »Hier, rufen Sie meinen Freund an, wenn Sie Hilfe brauchen. Jasper ist ein sehr guter

Anwalt. Sagen Sie ihm, dass ich Ihnen seine Adresse gegeben habe. Er wird Ihnen helfen.«

»Ich habe in meinem Leben noch keinen Anwalt gebraucht. Für so etwas habe ich auch gar kein Geld.« Renate Griese schaute missmutig auf die Visitenkarte und schüttelte den Kopf. »Ein Hamburger Rechtsanwalt, und wer sind Sie?«

»Mein Name ist Emina, ich bin nur hier, weil ich einen Bekannten suche, er heißt Christoph. Ich habe seine Adresse leider nicht mehr. Er spielt die Orgel in der Kirche.«

»Christoph kommt um 15 Uhr zur Probe. Bis dahin muss ich noch eine Menge erledigen. Habe schon genug Zeit vertan mit dieser Amtsärztin. Gestern bin ich extra in die Stadt gefahren wegen dieser Sache. Aber da war nichts zu machen. Ich musste sie heute hier reinlassen.«

»Sie meinen, der Christoph, den ich suche, der kommt heute Nachmittag hier in die Kirche?«, fragte Emina nach. Sie hatte plötzlich ganz weiche Knie, und ihr war ein bisschen schummrig vor den Augen.

»Das weiß ich doch nicht, ob das der Christoph ist, den Sie suchen. Das werden Sie ja sehen. Aber ziehen Sie sich warm an, ich kann nicht jeden Nachmittag die Kirche heizen, nur weil die Kinder für das Krippenspiel üben. Wer soll denn das bezahlen?«

Der Fluss war nicht so nah, wie Emina ihn in Erinnerung hatte. Damals im Frühjahr waren sie den

Weg von der Kirche aus durch die Marsch im Dunkeln gegangen. Sie hatten geredet und gelacht, es gab so viel zu erzählen. Der Weg war ihr kurz vorgekommen. Jetzt war Emina schon nach ein paar hundert Metern aus der Puste. Sie suchte sich ein trockenes Fleckchen, stemmte die Arme in die Hüften und versuchte, sich gerade zu machen. Es wurde immer schwerer, den dicken, schweren Bauch herumzuschleppen. Seit Wochen schon lebte sie nur noch um diese Kugel herum, sie wurde immer mehr zur nährenden Hülle für das neue Wesen, das da in ihr wuchs und gedieh. Nicht mal einen kurzen Spaziergang an der frischen Luft konnte man damit machen, ohne zu japsen. Missmutig stapfte sie weiter durch den in der Sonne tauenden Schnee und durch knisternde Pfützen.

Der Fluss hatte Hochwasser gehabt und nicht nur die Marschen, sondern auch die Wäldchen vor dem Deich unter Wasser gesetzt, das nun gefroren war. Die jungen und alten Bäume, die aus der Eisfläche ragten, würden Eisringe um die Stämme tragen, wenn der Wasserspiegel wieder sank. Bizarr streckten sie ihre knorrigen Äste in den eisgrauen Winterhimmel. Auf manchen Zweigen entdeckte Emina reglos dasitzende Greifvögel, knorrig und dunkel wie das Geäst. Vielleicht schliefen sie, oder aber sie stellten sich tot, damit man sie auf den ersten Blick nicht ausmachte. Enten, Gänse und auch ein paar Schwäne zogen schnatternd über sie hinweg und ließen sich weiter draußen auf dem Wasser nieder. Sonst war es wieder totenstill. Auch der Wind hatte sich gelegt.

Emina erklomm auf einem spiegelglatten Pfad den Deich, hinter dem die Marschen sich weit bis zum Flussbett erstreckten. In der Ferne sah sie einen Streifen Wasser glitzern und sehr weit in der Ferne die ansteigende Böschung auf der anderen Seite. Das diesseitige Ufer war mit Pappeln bestanden, hinter denen ein kleiner Strand lag. Jetzt konnte man ihn wegen der überschwemmten Wiesen nicht erreichen, die Eisflächen trugen noch lange nicht. Dort, im weichen, feinen Sand war es damals geschehen. Es war schön gewesen, die Sterne über sich zu wissen, während sie sich liebten. Ja, es war eine schöne Nacht gewesen, romantisch, spontan, irgendwie natürlich. Sie hatten sich sofort gemocht. Sie hatte ihn gut riechen können, den Christoph, im wahrsten Sinn des Wortes. Und er hatte genau die richtige Größe für sie gehabt. Sein Körper war fest und stark und doch weich und nachgiebig gewesen. Noch heute bereute sie es nicht, sich ihm hingegeben zu haben. Dass sie dabei schwanger geworden war, war ein anderes Thema. Künstlerpech.

Auf dem Rückweg holte sie ihr Handy aus der Tasche. Kein entgangener Anruf, keine SMS, keine Nachricht von Jasper. So langsam könnte er mal aufhören mit seiner Bestrafung. Wollte er sich bis zur Geburt nicht mehr bei ihr melden? Um was ging es ihm eigentlich: um sie, seine »Liebste«, wie er sie bislang immer genannt hatte? Oder ging es ihm um dieses Kind, das »seins« sein musste, seine Gene tragen sollte? Wenn es ihm so egal war, wie es ihr in den Wochen vor der Niederkunft ging, sollte er doch bleiben, wo der Pfeffer wuchs. Ärgerlich schaltete Emina das Handy aus und vergrub es tief unten in ihrer Umhängetasche.

In der Kirche war es eisig kalt und außerdem ziemlich dunkel. Das große, hohe Kirchenschiff war innen mit biblischen Szenen ausgemalt, sehr bunt, mit viel Blau und Gold in einem der Renaissancemalerei nachempfundenen, naiven Malstil. Durch die hohen Seitenfenster fiel wenig Tageslicht, das am frühen Nachmittag schon anfing zu verblassen. In der Apsis stand ein nüchterner Altar mit einem Holzkreuz. Die Kanzel befand sich rechts vor der Gemeinde. Man konnte sie über eine verborgene Treppe durch die Abseite erreichen.

Den Kindern schien weder die Kälte noch die Dunkelheit etwas auszumachen. Sie tobten durch das Kirchenschiff und kletterten auf die Kanzel, warfen Taschentücher herunter und was sie sonst noch so in den Hosentaschen hatten. Irgendwo zupfte jemand auf einer Gitarre, und zwei Blockflöten versuchten, sich auf gemeinsame Tonhöhen zu einigen. Wie ein Puzzle setzte sich langsam ein Weihnachtslied zusammen: »Kommet ihr Hirten, ihr Männer und Fraun.« Dann brach die Musik ab, und die energische Stimme von Frau Griese hallte durch den Raum:

»Schluss jetzt mit dem Toben. Kommt mal alle nach vorne und setzt euch hin.«

Die Kinder jagten nach vorne, warfen sich auf die

erste Kirchenbank und drängelten sich um die Plätze. Renate Griese hatte ihre grüne Wollmütze tief in die Stirn gezogen und die Ohrwärmer heruntergeklappt. Sie trug Handschuhe, an denen die Finger vorne abgeschnitten waren, gefütterte hohe Stiefel und eine dicke Wollweste über der Steppjacke.

»Die Hirten setzen sich ganz links zusammen. Tinky und Philine, ihr seid keine Hirten, ihr seid Engel. Also weg da von den Jungs. Jurek, Steffen, Tjark …«

»Ich auch, ich bin auch ein Hirte«, rief ein großes Mädchen mit langen, rotblonden Zöpfen und wedelte mit den Armen, damit man sie nicht übersah. »Du hast letztes Mal gesagt, dass ich auch ein Hirte sein darf, Renate.«

»Wenn du unbedingt willst, kannst du auch Hirte sein, Rosa. Aber du musst auch die Weihnachtsgeschichte vorlesen – das hast du mir versprochen. Wo sind die Heiligen Drei Könige?«

»Hier«, schrien zwei Mädchen, ein größeres und ein sehr kleines, zartes Blondchen mit total verrotzter Nase.

»Marie, du bist die Maria, nomen est omen. Das war abgemacht.«

»Ich will aber nicht die Maria spielen. Die Maria hat überhaupt gar nichts zu sagen. Sie sitzt nur an der Krippe herum und schaukelt ihr Baby.«

»Das stimmt nicht. Maria und Josef haben die ganze erste Szene über sehr viel zu tun. Sie gehen in der Kirche herum und fragen nach einer Unterkunft, weißt du das nicht mehr? Du hast doch im letzten Jahr auch mitgespielt.«

»Ich will aber dieses Jahr ein Heiliger König sein und das goldene Kirchlein tragen, dass wir dem Jesuskind schenken. Ich will nicht durch die Kirche gehen und hinterher gar nichts mehr zu tun haben. Ich will nicht wieder die Maria sein!«

»Ich will, ich will, ich will«, wiederholte Frau Griese kopfschüttelnd. Aber ihre Stimme war nicht streng. »Dann haben wir dieses Jahr also keine Maria.«

»Wir haben ja auch keinen Josef«, sagte Marie patzig.

»Ach je, der fehlt ja auch noch. Na, den finden wir schon. Zur Not muss der Pfarrer den Josef spielen. Barbie, du bist aber ganz gewiss kein Heiliger König, dafür bist du noch viel zu klein. Darfst du überhaupt schon mitspielen? Wir haben doch gesagt, ab sechs, vorher nicht.«

Lautes Gebrüll hallte durch die Kirche, das den dicksten Orgelpfeifen Konkurrenz machen konnte. »Ich bin doch gleich sechs«, schluchzte das kleine blonde Mädchen, zog ihre Mütze vom Kopf und schleuderte sie gegen Frau Griese. Die fing das Wurfgeschoss auf und stülpte es Barbie wieder über den Kopf.

»Okay, dann drücken wir ein Auge zu. Aber du kannst nur ein Engel sein. Engel können wir gar nicht genug haben. Als Engel darfst du die ganze Zeit über Sterne streuen. Das ist doch schön, oder?«

Schniefend und bebend gesellte sich Barbie zu den anderen Engeln.

»Sonja ist aber wirklich erst fünf«, sagte Rosa leise

und schlug die Augen nieder. Sie legte einen Arm um ihre kleine Schwester, die ihre Tante ängstlich anstarrte.

»Aber ich bin auch gleich sechs, Tante Reni. Wenn Barbie mitmachen darf, will ich auch mitmachen.«

»Meinetwegen. Du bist ja auch genauso groß wie Barbie, also kannst du auch ein Engel sein.«

»Juhu«, schrien die beiden kleinen Mädchen, und die anderen Engel schrien solidarisch mit.

»Wir haben also unsere Hirten, genügend Engel, einen Heiligen König, keine Maria und keinen Josef. Und nur noch vier Tage Zeit«, seufzte Frau Griese.

Die Kinder schwiegen betreten und starrten die Spielleiterin an.

»Vielleicht könnten Sie ja die Maria spielen«, sagte Rosa leise und lächelte Emina an, die bis jetzt still von der zweiten Bankreihe aus das Geschehen verfolgte.

»Ich?«

»O ja«, riefen zwei Mädchen gleichzeitig. »Sie sind ja schon ganz schwanger, genau wie Maria.«

Emina bekam einen roten Kopf. Die Kinder lachten und kicherten.

»Ja, bitte, bitte«, rief Marie, die auf keinen Fall die Maria spielen wollte. »Mach mit, das wird ein Spaß!«

»Aber ich bin doch am Heiligen Abend gar nicht mehr da, ich bin hier heute nur zu Gast.«

»Das macht nichts! Heute musst du die Maria spielen. Bitte, bitte«, bettelten die Kinder, bis Emina aufstand und fragend zu Renate Griese sah. Mit ihrem dunklen langen Haar und dem dicken Bauch gab sie wirklich die überzeugendste Maria ab, die man sich vorstellen konnte.

»Na gut, dann können wir jetzt endlich anfangen. Also, Kinder, stellt euch auf: Die Hirten bleiben erst mal sitzen. Die Engel stellen sich rechts vorm Altar zusammen – und sind ganz, ganz still, okay? Es muss jetzt mucksmäuschenstill sein.« Sie flüsterte, mit dem Erfolg, dass die Kinder tatsächlich alle ihren Mund hielten. »Rosa, geh hinauf auf die Kanzel und lies deinen Eingangstext.«

Rosa verschwand durch die Abseite. Einen Augenblick später erschien sie auf der Kanzel und begann laut zu lesen:

»Und es begab sich aber zu der Zeit, dass ein Gebot von dem Kaiser Augustus ausging, dass alle Welt geschätzt würde. Und jedermann ging, dass er sich schätzen ließe, ein jeglicher in seine Stadt.«

»Kommen Sie, Sie gehen von da hinten los«, sagte Frau Griese leise und führte Emina zum Kircheneingang. Hier war es inzwischen ganz dunkel geworden, und Emina musste aufpassen, wohin sie trat. Dann fuhr plötzlich ein eiskalter Windzug durch das Kirchenschiff. Die Tür hatte sich geöffnet, und jemand betrat die Kirche.

»Christoph, da bist du ja endlich!« Frau Griese winkte den Mann heran, der sich den frischen Schnee von den Stiefeln trat. »Du musst den Josef spielen. Hier ist deine Maria. Fasst euch an den Händen, und dann geht ihr langsam die Bankreihen ab. Du weißt doch, Christoph, genau wie im letzten Jahr. Das Stichwort ist: ›Maria, seinem vertrauten Weibe, die war schwanger.‹ Und dann geht ihr los.«

Frau Griese wandte sich um. »Weiter bitte«, rief sie zur Kanzel hinauf.

»Was wollt ihr denn mit den guten Laken?«, meckerte Anna-Lisa und inspizierte mit kurzsichtigen Augen den Abendbrottisch auf der Suche nach dem Salzfässchen. Ihre Schwiegertochter schob es ihr hin. »So feines Leinen wird gar nicht mehr hergestellt. Wenn ich sehe, wie billig Bett- und Tischwäsche heute gemacht sind, kein Vergleich zu früher. Aber heute wüsste ja sowieso keine von den jungen Frauen mehr, sie fachgerecht zu behandeln.«

Tanja Griese zuckte mit den Augenbrauen. Das Thema war alt und leidig. Ja, sie weigerte sich, Tisch- und Bettwäsche in die Wäscherei zu geben. Erst recht hatte sie weder Zeit noch Lust, um sie selbst zu stärken und anschließend mit der Heißmangel im Keller zu glätten. Bei ihnen zu Hause war die Bettwäsche immer nur gewaschen, getrocknet und in den Schrank gefaltet worden. Für ihre Schwiegermutter war das der Niedergang der Kultur. Tanja mangelte ihr zuliebe die Tischwäsche, alles andere legte sie ungebügelt in den Schrank. Zum Glück hielt Horst-Jürgen sich heraus. Natürlich stand er auf ihrer Seite, aber man konnte nicht erwarten, dass er sich offensiv gegen seine Mutter stellte. Das wäre einer Palastrevolution gleichgekommen. Das konnten sie sich nicht erlauben. Schließlich wohnten sie im Haus ihrer Schwiegermutter und mussten keine Miete zahlen.

»Die Kinder wollen halt damit spielen. Ich gebe ihnen alte Laken, Mutter. Nicht die guten, sondern alte von mir.«

»Wir müssen doch unsere Hirtenkleider nähen«, sagte Sonja und bekam dafür unter dem Tisch einen Tritt von ihrer großen Schwester.

»Zerschneiden wollt ihr sie?«, empörte sich die Großmutter. »Also das ist doch die Höhe. Was denn für Hirtenkleider? Was ist das wieder für ein Unsinn!«

»Das Krippenspiel in der Kirche, Mutter«, erklärte Tanja. »Du weißt doch, dass die Kinder jedes Jahr mitspielen. Das ist auch gut so, ein bisschen müssen sie die biblische Geschichte doch kennenlernen, ehe sie zum Konfirmandenunterricht gehen.«

»Das veranstaltet doch sicher wieder Renate – und da lässt du deine Kinder hingehen? Ich verstehe dich nicht. Du hast so gar keinen Familiensinn. Nach allem, was diese Frau uns angetan hat.«

»Mutter, bitte …« Tanja warf ihr angesichts der Kinder am Tisch einen warnenden Blick zu.

»Was hast du denn gegen Tante Renate?«, fragte Rosa. Sie knabberte an einer Scheibe Knäckebrot und versuchte, sich Butter und Aufschnitt zu verkneifen, weil sie noch schlanker und hübscher aussehen wollte. »Ich darf wieder einen Hirten spielen, und zum Glück muss ich diesmal nicht Flöte spielen. Außerdem lese ich die Weihnachtsgeschichte vor, von oben auf der Kanzel! Ihr kommt doch alle am Heiligen Abend in die Kirche und schaut uns zu?«

»Natürlich mein Kind«, sagte Tanja.

»Und Papa kommt auch mit!«, rief Sonja.

»Wenn er nicht Notdienst hat«, sagte Tanja. »Wenn es anfängt zu tauen, muss er arbeiten gehen, sonst geraten die Deiche in Gefahr. Das wisst ihr doch.«

»Aber wenn es gefroren ist, kann nichts passieren«, warf Jurek ein. Er kannte sich schon ganz gut aus im Beruf seines Vaters, der als leitender Ingenieur beim Deichverband arbeitete und damit für die Instandhaltung und Sicherheit der Deiche im Landkreis mitverantwortlich war.

»Dann werde ich alle Daumen drücken, dass es ganz doll friert«, sagte Sonja.

»Wenn es weiter friert, gehe ich morgen Schlittschuh laufen«, sagte Rosa.

»Ich auch«, rief Sonja. »Auf der Wiese hinter der Kirche darf ich ganz allein laufen.«

»Also, ich gehe ganz bestimmt am Heiligen Abend NICHT in die Kirche«, sagte Anna-Lisa. »Diese Heuchelei fange ich gar nicht erst an.«

»Was ist das, Heuchelei?«, fragte Sonja.

»Sei doch mal still«, sagte Jurek und nahm sich die vierte Scheibe Brot. »Die Butter ist alle.«

»Dann hole bitte ein neues Paket aus dem Kühlschrank«, sagte Tanja.

»Lass mal, bleib ruhig sitzen, mein Kind.« Schwerfällig erhob sich Anna-Lisa und ging in die Küche, um den Jungen zu bedienen. Wenn ihr Sohn mit am Tisch saß, kam sie kaum zum Sitzen.

»Heute war eine echte Maria in der Kirche«, flüsterte Sonja schnell ihrer Mutter zu. Die Großmutter kam schon wieder zurück. Sie hatte gehört, was Sonja gesagt hatte, und schüttelte stumm den Kopf.

»Verdummung, das ist es, was in der Kirche geschieht.«

»Es ist doch nur eine Geschichte, Oma«, sagte Rosa.

»Aber was für eine: Jungfernzeugung, wenn ich das schon höre! Gott schickt seinen Sohn auf die Erde – glaubt ihr so etwas?«

»Unsere Maria hat ein echtes Baby im Bauch«, sagte Sonja ernst. »Sie hat so einen großen Bauch!« Sie beschrieb mit beiden Armen Eminas schwangeren Bauch.

»Wer kann das denn gewesen sein?«, fragte Anna-Lisa an Tanja gewandt. »Wer ist denn hier guter Hoffnung – etwa schon wieder die Blumenberg?«

Tanja schüttelte den Kopf. »Nein, die habe ich neulich erst gesehen.«

»Es ist eine Fremde«, sagte Rosa.

»Kind, iss und rede nicht so viel«, sagte Anna-Lisa und schob ihr den Brotkorb zu.

»Ich hab keinen Hunger. Darf ich aufstehen?«

»Eine fremde Schwangere? Wo kommt die denn her?«, fragte Anna-Lisa.

»Sie wohnt im ›Goldenen Anker‹«, meinte Jurek kauend.

»Woher weißt du das denn?«, sagte Rosa.

»Sie fährt den Smart, der auf dem Kirchhof steht. Witziges Auto.«

»Ist sie denn ganz allein hier?«, fragte Tanja.

Sonja schüttelte den Kopf. »Sie ist nicht allein, sie hat doch ihren Josef. Und vielleicht bekommt sie bald ihr Baby, in einem Stall, und dann ist Weihnachten.«

Rosa erhob sich und verließ das Esszimmer. Jurek nahm sich die fünfte Scheibe Brot und strich dick Butter darauf. Anna-Lisa schob ihm den Teller mit dem Aufschnitt hin. »Ich wollte eigentlich morgen mit euch Plätzchen backen. Wir müssen auch noch den Christbaumschmuck reparieren, die schönen Strohsterne und die Papierketten. Aber wenn ihr lieber für das Krippenspiel übt, dann muss ich wohl allein Plätzchen backen.«

»Nein, bitte nicht, Omilein! Ich möchte auch Plätzchen backen. Du hast es uns versprochen!«, rief Sonja.

Tanja erhob sich und brachte die benutzten Teller in die Küche. Sie stellte sich ans Fenster und schaute so lange in die schwarze Nacht hinaus, bis sie hörte, wie ihre Schwiegermutter sich vom Abendbrottisch erhob, die Treppe hochstieg und in ihren Gemächern verschwand. Es wurde Zeit, dass Tanja wieder arbeiten ging. Sie hielt es nicht mehr aus, den ganzen Tag hier in diesem Haus zu sein.

Heidi saß am Tresen und schaute zur Tür, als würde sie Emina schon erwarten. Emina trampelte sich den Schnee von den Schuhen und schüttelte ihre Mütze aus. Unter dem Garderobenständer hatte sich eine Pfütze gebildet. Seit dem Nachmittag hatte es nicht mehr zu schneien aufgehört. Der Kirchplatz war ganz im Schnee versunken. Ihr Smart war unter einer weißen Haube verschwunden und sah endlich aus wie alle anderen Autos, nur etwas kürzer.

»Schön warm ist es hier, herrlich.« Sie hockte sich zu Heidi an den Tresen.

»Was willst du trinken?«

»Am liebsten etwas Heißes. In der Kirche war es bitterkalt.«

»Habe ich dir doch gesagt.«

Emina bestellte sich einen Kräutertee und Rührei mit Bratkartoffeln. Alle Tische waren besetzt. Die meisten Leute sahen aus wie Touristen, vielleicht hatten sie hier in der Gegend Ferienhäuser gemietet, um Weihnachten und Silvester auf dem Land zu verbringen. Am Tisch neben dem Ofen saßen wieder die drei Einheimischen und kloppten ihr Skatblatt.

»Wie war die Probe?«, fragte Heidi.

Emina musste lächeln. Sie spürte noch Christophs Hand in ihrer – es war, als hätten ihre Hände sich gleich wiedererkannt. Seine Hand war eiskalt gewesen und genauso schmal und muskulös, wie sie gedacht hatte. Dabei fühlte sie sich glatt an, nicht wie die Hand eines Arbeiters, aber auch nicht wie die eines Schreibtischmenschen. Hände, wie man sie vermutlich für das Orgelspiel brauchte, gut trainiert und gelenkig. Christoph war kleiner, als sie ihn in Erinnerung gehabt hatte. Sein Haar war dunkler, und im Frühjahr hatte er es kürzer getragen. Jetzt stand es in wilden Locken um seinen Kopf und hing im

Nacken lang herunter. Es sah aus, als ob er seit dem Frühjahr nicht wieder beim Friseur gewesen war. Er trug eine dicke, gefütterte Cordjacke und darunter ein kariertes Hemd und einen bunten, selbstgestrickten Pullover. Er war kalte Kirchen gewohnt und darauf eingestellt. Auch seine Hosen sahen warm und gepolstert aus.

Emina hatte ihn sofort wiedererkannt. Aber hatte er Emina auch wiedererkannt? Er hatte Eminas Hand genommen und sie wie einen Esel hinter sich hergezogen, von Kirchenbank zu Kirchenbank. Mit den Fingerknöcheln hatten sie gegen die kunstvoll geschnitzten Banklehnen geklopft. Tock, tock, tock.

»Wir kommen aus Galiläa, aus der Stadt Nazareth, in das jüdische Land. Habt ihr noch ein Zimmer frei für uns?«

»Nein, leider alles belegt«, riefen die Kinder, die in den Bankreihen lauerten und mit Vergnügen Maria und Josef die Tür wiesen. »Kein Zimmer frei bei uns, kein Bett mehr, tut uns leid!«

Dann rannten sie kichernd ein paar Bänke weiter, balgten sich darum, wer ganz vorne in der Bank zu stehen kommen und Josef die nächste Absage entgegenrufen durfte. Tock, tock, tock.

»Seht doch, meine Frau Maria, die ist schwanger. Habt ihr denn keine Herberge für uns? Es ist nur für ein paar Nächte.«

»Nein, tut uns leid, hier in Bethlehem ist alles voll. Ihr müsst woanders suchen.«

Einmal rund um das Kirchenschiff waren sie gezogen, Christoph voran und ohne Emina eines Blickes zu würdigen. Immer wieder klopfte er an und sagte sein Sprüchlein auf. Und die Kinder konnten nicht genug davon kriegen, ihn möglichst brüsk abzuweisen. Nur Maria hatte gar nichts zu sagen. Emina verstand nun, warum die kleine Marie die Rolle der Maria partout nicht wieder hatte spielen wollen. Schließlich klatschte Frau Griese in die Hände.

»Genug jetzt, es reicht! Christoph, geh mal hoch an die Orgel. Jetzt kommt die Krippenszene. Dazu singen wir das Lied Nummer dreizehn, ›Tochter Zion‹.«

Sie winkte Emina zu sich und drückte sie auf die Bank hinter der Krippe, in der eine völlig nackte Babypuppe auf einem Häuflein Stroh lag.

»Ich setz mich mal hierhin, wo der Josef sitzen muss – wo sind denn jetzt die Engel? Tinky, Philine, stellt ihr euch bitte richtig auf? Rosa, jetzt kommt wieder dein Text, bitte laut und deutlich: ›Und es waren Hirten in derselben Gegend … und der Engel sprach zu ihnen …‹ Bitte, jetzt reißt euch mal zusammen! Wir haben nur noch zwei Proben bis zur Aufführung!«

Während die Engel aufgeregt ihren Text zusammenstotterten – »Fürchtet euch nicht … denn der Heiland ist euch geboren …und ihr werdet finden – und ihr werdet finden … (Gekicher) das Kind in Windeln gewickelt und in einer Krippe liegen …« –, setzte plötzlich mit Getöse die Orgel ein, und Renate Griese fing an, mit einer hohen, etwas schrillen Sopranstimme »Tochter Zion, freue dich« zu singen. Die größeren Kinder sangen mit, die Kleinen kicherten herum.

Emina starrte hoch zur Orgel, wo man jedoch von Christoph nichts sehen konnte.

Und so ging es weiter, Szene für Szene wurden die Aufstellungen geprobt und die Lieder gesungen, fast zwei Stunden lang. Christoph blieb die ganze Zeit oben an der Orgel. Er kam auch nicht herunter, als die Probe beendet war und Emina noch ein Weilchen bei den Kindern stehen blieb, bis die Eltern sie abholten. Vielleicht wollte er noch in der Kirche bleiben und auf der Orgel üben? Oder hatte die Orgelempore einen Extra-Ausgang für den Organisten?

Hatte er sie nun erkannt und sie deshalb nicht begrüßt – oder hatte er sie NICHT erkannt und sie deshalb nicht begrüßt? Einmal auf dem Weg rund um die Kirchenbänke hatte er sich kurz umgesehen und auf Eminas Bauch gestarrt. Wie alle es immer tun, wenn sie eine Schwangere sehen. Aber er hatte den Blick nicht gehoben, nicht ihre Augen gesucht. Er hatte sie gar nicht wahrgenommen. War das wirklich derselbe Mann, der sich im Frühjahr so intensiv um sie bemüht hatte? Hatte er sie vielleicht doch erkannt und sich vor lauter Schreck aus dem Staub gemacht? Aber er konnte doch nicht ahnen, wie eng er mit ihrem Zustand verbunden war … Sie musste es ihm sagen, sie musste wissen, wie er es aufnahm.

Als sie gefragt wurde, ob sie in den kommenden Tagen noch da sei und weiter die Maria spielen würde, hatte sie genickt. Ja, ja, sie würde noch bleiben. Was sollte sie zu Hause – dort saß Jasper und schmollte.

»Super. Dann treffen wir uns morgen bei Steffen und Marie, um die Kostüme zu nähen. Für die Maria nähen wir einen schönen weiten Umhang«, sagte Rosa.

Als die Kinder abgefahren waren, sperrte Renate Griese die Kirche zu und zog sich ihre Kapuze über den Kopf. Dicke Schneeflocken wirbelten im Licht der Straßenlampen, es sah fröhlich aus, wie sie in den Lichtkegeln tanzten.

»Wo ist denn der Christoph hin?«, fragte Emina. Sie hätte ihrer Stimme gern einen belanglosen Klang gegeben, aber ihre Frage klang verzweifelt. Sollte er wirklich verschwunden sein, ohne dass sie es bemerkt hatte?

»Der muss heute Abend noch bei einer Andacht in Barenburg spielen. Haben Sie es noch weit? Die Straßen werden heute bestimmt nicht mehr geräumt.«

»Nein, ich übernachte im ›Golden Anker‹.«

»Na, dann gute Nacht und bis morgen.« Damit war Frau Griese im dichten Schneetreiben verschwunden, noch ehe sie die Straße zu ihrem Haus überquert hatte.

»Die Probe war lustig«, sagte Emina leise zu Heidi. Sie wärmte ihre Hände an dem heißen Teeglas und blies in den Dampf, ehe sie den ersten Schluck Tee nahm. »Die Kinder machen es gut, sie spielen einfach drauflos!«

Heidi nickte. »Morgen komme ich auch dazu mit den Tieren. Die Lamas laufen nicht so gern im frischen Schnee. Es soll aber noch mehr Schnee geben. Wenn das so weitergeht, werden wir bis Weihnachten noch einschneien.«

# Hirten und Engel

Sybille zog die Vorhänge vor und humpelte langsam zurück zu ihrem Platz auf dem Sofa, auf den sich ihr Leben in der letzten Zeit mehr und mehr begrenzte. Wenn sie sich an den Möbeln festhalten konnte, kam sie noch ohne Krücken durch die Wohnung. Draußen aber bewegte sie sich nur noch im Rollstuhl. Die Zeiten mit den Krücken waren vorbei. Ihr rechtes Bein war zu schwach geworden. Ein neuer Schub hatte ihr kürzlich diese Entwicklung beschert. Vielleicht hatte sie jetzt wieder eine Zeitlang Ruhe vor dem Fortschreiten der heimtückischen Krankheit. Vielleicht aber ließ der nächste Schub auch nicht lange auf sich warten und würde bald dafür sorgen, dass die nächste Muskelgruppe zerfiel und sich zersetzte.

Sybille schob den Gedanken an die Krankheit weg. Darin war sie geübt – darin musste man geübt sein, wenn man unter einer chronischen, unaufhaltsam fortschreitenden Krankheit wie der Multiplen Sklerose litt. Sybille war darum insgesamt sehr geübt darin, Dinge von sich wegzuschieben und auszublenden, zu verdrängen, sagten andere dazu. Aber sie verdrängte die belastenden Gedanken nicht. Sie schob sie beiseite wie diesen Vorhang eben. Die Belastungen blieben da, aber sie erlaubte ihnen nicht, ihren ganzen Horizont einzunehmen, ihr den Ausblick nach draußen, ins Helle, auf den Rest der Welt zu verstellen. Sie würde es nie zulassen, dass die Krankheit ganz Besitz von ihr ergriff. Man konnte alt werden mit ihr. Sie war nur wenig mehr tödlich, als das Leben für jeden am Ende tödlich ist. Sie machte einem das Leben schwer, sehr schwer. Aber wie lange man mit ihr lebte – wie lange man überhaupt lebte –, das hatte jeder selbst in der Hand. Auch die meisten MS-Kranken. Sybille hatte die Krankheit in ihr Leben integriert und lebte mit ihr wie mit einem schwierigen Partner, der nun mal da war und dazugehörte.

Endlich saß sie wieder auf ihrem Platz ganz in der Ecke der großen blauen Couch, die sie sich von der Abfindung gekauft hatte, die sie erhalten hatte, als sie ihren Arbeitsplatz in der Bibliothek aufgeben musste. Sie schaffte die vielen Wege nicht mehr, die dort zu machen waren. Zum Glück war sie eine Leseratte, und Christoph oder Sophie, ihre Schwester, die mit ihrer Familie ein Dorf weiter wohnte, versorgten sie stets zuverlässig mit Lesestoff. Viele aus ihrer MS-Gruppe waren früher sportliche Menschen gewesen. Sie litten schrecklich unter der Immobilität, die die

Krankheit mit sich brachte. Für eine Leseratte wie Sybille war das weniger dramatisch. Zwar tat auch ihrem Körper jedes bisschen Bewegung gut, das sie aus ihren Muskeln herauslockte, und sie zwang sich auch regelmäßig zu der Rentner-Gymnastik, die in der Gruppe mit ihnen veranstaltet wurde.

Aber am liebsten saß sie auf ihrer Couch, eine heiße Tasse Tee und einen beruhigenden Stapel guter Bücher neben sich. Außer Romanen und Biographien verschlang sie Sachbücher zu allen möglichen Themen und manchmal auch Ratgeber, wenn sie gut geschrieben waren. Denn ihr ging es in erster Linie um die Sprache, um das Erzählen, Konstruieren, das Erfinden und Dichten, das Spiel mit den Worten und Bedeutungen. War ein Buch gut geschrieben, las sie es gern noch einmal. Manche Klassiker hatte sie vier- und fünfmal gelesen, Dostojewski zum Beispiel. Oder die Romane von Jane Austen und den Geschwistern Brontë. Auch Tolstoi und Proust. Sie freute sich schon darauf, wenn sie »Auf der Suche nach der verlorenen Zeit« zum zweiten Mal lesen würde. Für die sieben Bände müsste sie allerdings eine lange Zeit am Stück zur Verfügung haben. Denn wenn sie erst mal eingetaucht war in die Welt eines Autors oder einer Autorin, ließ sie sich nicht gern wieder daraus hervorlocken. Sie könnte niemals mehrere Bücher gleichzeitig lesen wie Christoph, der immer große Stapel von halbgelesenen Büchern auf seinem Nachttisch liegen hatte. Mal las er ein Kapitel in der Bach-Biographie weiter, dann wieder die neuesten musikphysiologischen Aufsätze von Oliver Sacks, oder er schob einen amerikanischen Action-Krimi oder Science-Fiction-Roman dazwischen. Eine wilde Mischung, die Sybille genauso unverdaulich fand, wie eine unausgewogene Mahlzeit, deren Bestandteile nicht aufeinander abgestimmt waren. Christoph aber konnte nicht »ewig dasselbe« lesen, wie er immer sagte. Er brauchte Abwechslung, immer wieder neue Impulse. Wie in der Musik, da ginge es auch darum, ein Thema nicht einfach zu wiederholen, sondern es ständig zu variieren, zu transponieren, zu verschieben, es neu zu denken, immer neue Ideen einzubringen. Die Kunst der Kompositionslehre, sein Lieblingsfach.

Sybille hatte keine Ahnung von Musik. Sie hörte sie nur gern, besonders wenn Christoph sie spielte. Auf seiner Orgel, der Königin der Instrumente, oder zu Hause auf dem Klavier, auf dem Cembalo, das er früher, als er selbst noch keines besessen hatte, in der Hochschule gespielt hatte. Sie mochte es sogar, wenn er auf dem elektronischen Keyboard spielte, mit dem er unterwegs manchmal vorlieb nehmen musste, wenn es weit und breit kein vernünftiges Tasteninstrument gab. Sie liebte sein Spiel wie sie ihn liebte, ihren Mann. Er war ihr Leben. Trotz ihres ungewöhnlichen Altersunterschieds – sie war zwölf Jahre älter als er – und trotz seiner Verschlossenheit und Weltabgewandtheit. Sie liebte ihn trotz ihrer Krankheit – die ihr das Lieben eigentlich verbot. Aber was fragte Liebe nach Vernunft?

Kein Mensch konnte so leise die Wohnung betreten wie Christoph. Ob tagsüber oder mitten in der Nacht, wenn er von einem Konzert oder einer Reise heimkam – immer war es nur der Luftzug, den die geöffnete Haustür verursachte, oder höchstens ein ganz leises Klingen des Schlüsselbunds, das er auf dem Garderobentisch ablegte, was Sybille anzeigte, dass er heimkam. Mit katzenleisen Schritten trat er auf den weichen Sohlen, die er für das Orgelspiel brauchte und auch sonst schwerem Schuhzeug vorzog, ins Wohnzimmer. Sie hatte gerade noch Zeit, das Lächeln in ihr Gesicht zu zaubern, mit dem sie ihn am liebsten begrüßte. Sie freute sich noch immer wie am ersten Tag, wenn sie ihn sah.

»Was ist geschehen«, fragte sie erschrocken, als sie sein Gesicht sah. Er hatte Schneeflocken im Haar und auf den Schultern, und seine Schuhe hinterließen nassen Spuren auf dem Teppich. Er blieb mit hängenden Armen in der Tür stehen. Sein schmales, schon jetzt hageres Gesicht, gerahmt von dem kleinen Kinnbart und den langen Locken, die über den Nacken herunterhingen, war von einer tiefen Traurigkeit gezeichnet. Christoph riss sich zusammen und versuchte zu lächeln.

»Nichts. Es war ein anstrengender Tag, ich bin müde.«

»Schneit es immer noch?«

»Ohne Unterlass. Ich habe den Wagen in die Scheune gestellt.« In der Garage stand Sybilles Wagen. Es war ein Kleinwagen, extra für ihre Behinderung umgebaut, während Christoph einen großen Kombi fuhr, in dem er ihren Rollstuhl und seine Musikinstrumente transportieren konnte.

»Das ist gut, dann musst du morgen früh nicht so lange kratzen.«

»Es soll noch weiter schneien. Das werden anstrengende Feiertage.«

»Setz dich noch ein bisschen zu mir. Hast du Hunger? In der Küche steht noch etwas Braten. Soll ich dir ein paar Kartoffeln kochen?«

Christoph ließ sich auf den Sessel fallen, der Sybille gegenüber stand. »Ich habe heute Mittag in der Stadt gegessen, nach dem Unterricht in der Schule. Der Posaunenchor ist eine Katastrophe. Aber es wird schon reichen.«

»Warst du nicht beim Krippenspiel? Sophie hat dich vermisst, als sie die Kinder abgeholt hat.«

»Ich war nur kurz da. Musste hinterher noch zu einer Andacht.«

»Du Ärmster.«

Christoph lächelte matt. »Ich gehe jetzt schlafen. Ist bei dir alles in Ordnung?«

»Alles bestens«, sagte Sybille. »Ich komme auch gleich ins Bett.«

Mit jedem Wort, das sie sprach, wurde der kreisrunde Ausschnitt in der Eisblumenlandschaft an ihrem Fenster etwas größer – und durch den Ausschnitt hindurch schickte die Wintersonne ihre morgendlich roten Strahlen. Emina hauchte gegen die Scheibe, während Anett weitersprach: »So langsam solltest du aber auch an das Baby denken – es ist gar nicht gut, so kurz vor der Geburt noch so viel herumzufahren. Du brauchst jetzt Ruhe, ihr beide braucht Ruhe. Glaube nicht, dass so eine Geburt ein Spaziergang ist. Ich will dir ja keine Angst machen, aber …«

»Das ist mir klar.« Emina nagte an der Unterlippe. Die Kälte ließ ihre Lippen aufplatzen, in der Schwangerschaft war es noch schlimmer als sonst. Sie konnte es nicht lassen, daran herumzukauen. Schnell griff sie nach ihrem Labello-Lippenstift, der auf dem Nachttisch lag, und fettete die Lippen ein. »Hast du eigentlich etwas von Jasper gehört in den letzten Tagen? Ich kann ihn nicht erreichen, er hat sein Handy ausgeschaltet.«

Anett zögerte, und Emina wartete gespannt auf ihre Antwort. Sie hatte Jasper durch Anett kennengelernt. Eine Zeitlang waren sie zu dritt ausgegangen, bis Anett ihren zukünftigen Mann kennengelernt und Emina und Jasper allein gelassen hatte. Aber Bruder und Schwester waren noch immer sehr eng miteinander. Wenn sie heute zu dritt zusammen waren, entwickelte sich manchmal wieder das alte Ritual, in dem Anett und Jasper sich gegen Emina verbündeten und sie aufzogen mit ihren schlechten Angewohnheiten, wie z.B. an den Lippen zu kauen, billige Regenjacken zu tragen oder sich die Haare beim Friseur immer viel zu kurz schneiden zu lassen, damit sie nicht so oft hingehen musste. Das war kein Geiz, Emina mochte es einfach nicht, wenn andere an ihr herumfummelten. Und sie mochte sich auch nicht stundenlang in diesen überlebensgroßen Spiegeln gegenübersitzen. Auch ohne Schwangerschaftsbauch fand sie sich darin immer entweder zu dick oder zu hager. Ihrem inneren Selbstbild nach war sie unauffällig und schmal, ihr Spiegelbild aber zeigte eine kräftige, breitgebaute, wenn auch nicht wirklich dicke Frau, eine Konstitution, die ihrem Nachwuchs jetzt sicherlich zugutekam. Sie aber war sich selbst fremd, zumindest ihrem Spiegelbild. Auf jeden Fall tat es ihr nicht gut, sich zu lange selbst zu betrachten, vermutlich tat es niemandem gut. Da half auch der weite schwarze Umhang nicht, wenn der Friseur ihn ihr endlich umlegte.

»Jasper hat gestern Abend angerufen, er steckt in irgendeiner dicken Sache mit vielen Gerichtsterminen. Er will heute Abend bei uns vorbeikommen, weil er irgendetwas Wichtiges zu erzählen hat.«

»Aha.« Emina fiel ein Stein vom Herzen, weil es Jasper gutging. Er war also noch nicht vor Kummer von einer Brücke gesprungen. Und nun hatte er offenbar vor, seine Schwester einzuweihen. Das war bitter, aber irgendwann musste es ja passieren. Nun, wo sie beschlossen hatte, mit offenen Karten zu spielen, würde alle Welt eingeweiht werden in ihr Liebesleben. Sie seufzte.

»Habt ihr etwa Stress miteinander?«, fuhr Anett fort. »Euch ist doch klar, dass so ein Baby die Beziehung total verändert?«

Wie oft hatte Emina das nun schon gehört? Pro Monat mindestens zehn Mal, also insgesamt ungefähr neunzig Mal …, dazu hatte sie es noch in zahlreichen Zeitschriftenartikeln und Baby-Ratgebern gelesen.

»Es ist doch alles in Ordnung mit dem Baby, oder?« Anett steigerte sich rasant in die neue Sorge hinein. »Du würdest es mir doch sagen, wenn etwas nicht stimmt, Emina?«

Emina atmete tief durch, ihr Bauch spannte sich wie ein Ballon, und einen Moment lang glaubte sie, eine erste Wehe zu verspüren. Aber das war Unsinn, nur eine dieser typischen Stressreaktionen. Wie empfindlich man aber auch war in diesem Zustand! Sie linste durch das Eisloch in die Sonne und blinzelte.

»Dem Baby geht es blendend. Kein Grund zur Sorge. Rufst du mich an, wenn es etwas Neues gibt?«

»Ja, klar rufe ich dich an«, sagte Anett, beleidigt, dass ihre Besorgtheit keinen Ankerplatz bei Emina fand. »Ich weiß gar nicht, was mit dir los ist. Aber jede Frau reagiert halt anders in der pränatalen Phase. Hast du es wenigstens schön warm in deiner Herberge?«

»Ja, klar«, sagte Emina. »Grüß Jasper von mir – oder nein, sag ihm, dass ich ihn liebe.«

»Das mache ich«, sagte Anett mild. »Pass auf dich auf, mein Schatz. Und komm bald heim.«

Die Wintersonne blinzelte auch durch die kleinen Scheiben des Pferdestalls, als Renate Griese gegen zehn Uhr in den Stall kam, um die Pferde auf die Weide zu lassen. Am Morgen hatte es endlich aufgehört zu schneien. Ein schneidend kalter Ostwind hatte die Wolken vom Himmel gefegt und das Thermometer auf minus zehn Grad fallen lassen. Die weiße Pracht glitzerte wie Diamanten. Die Zweige der Bäume und Büsche waren wie mit Weißgold überzogen. Die Katzen waren die ganze Nacht über im Haus geblieben, die beiden Katzendamen in der Küche am warmen Ofen, und der dicke alte Kater war bei ihr im Schlafzimmer auf der Bettdecke. Sie hatte es nicht übers Herz gebracht, ihn aus dem Bett zu werfen. Außerdem war er so schön warm und schnurrte wie ein Ottomotor.

Renate Griese stieß die Hoftür auf und ließ das Sonnenlicht in den Stall strömen. Beide Heuraufen waren leergefressen. Dem Schimmel hatte sie Kraftfutter in den Trog getan und einen Viertelliter Leinöl darübergegossen. Er hatte alles aufgefressen, ohne einen Rest zu lassen. Seine Augen blitzten, als sie auf ihn zutrat. Er riss den Kopf hoch und wieherte leise.

»Wie geht's meinem Prinzen heute?«, sagte sie und kraulte ihn unter der Mähne. Ein Zittern lief über den Rücken des Pferdes, er trat auf der Stelle. Der Fuchs in der Nachbarbox fing auch leise an zu wiehern.

»Ist ja gut, ihr kommt ja schon raus. Aber es ist kalt heute, ich warne euch.«

Sie öffnete die Boxen, und die Pferde trotteten langsam durch das Tor nach draußen in die Sonne. Renate Griese begann, die Boxen auszumisten und neues Stroh einzustreuen. Dann füllte sie die Heuraufen. Im Haus klingelte das Telefon, aber das konnte warten. Ihr fiel ein, dass heute schon Mittwoch war und sie noch immer keine Geschenke für die

Kinder besorgt hatte. Rosa wünschte sich neue Reitstiefel, weil ihre alten zu klein geworden waren. Das Mädchen wuchs jeden Monat ein paar Zentimeter und hatte jetzt schon Schuhgröße achtunddreißig. Sie würde heute noch in die Kreisstadt fahren und die Schuhe kaufen. Sie hatte mit Tanja darüber gesprochen, heimlich natürlich. Ihre Schwester Anna-Lisa durfte nichts davon wissen. Sie ahnte vermutlich, dass sie beide regelmäßig Kontakt miteinander hatten und sich über alles Mögliche besprachen, aber sie konnte nichts dagegen unternehmen. Auch Horst-Jürgen sagte Tanja vorsichtshalber nichts davon, dass die Kinder regelmäßig mit Renate verkehrten. Die Familie war in zwei Teile gespalten seit damals, seit diesem unglücklichen, schrecklichen Tag.

Renate Griese füllte die Wassereimer und schleppte sie in die Pferdeboxen. Anna-Lisa wollte eine neue Wasserleitung legen lassen und automatische Wasserspender in jeder Box installieren – für die anderen, die fremden Pferde natürlich. Nicht für die beiden alten Klepper – wie sie Prinz und Filou nannte. Nein, die alten Tiere waren ihr den teuren Umbau nicht wert. Und Renate hatte kein Geld für solche Umbauten, sie schleppte das Wasser lieber wie eh und je im Eimer herbei, zweimal am Tag, jeden Morgen und jeden Abend. Sie warf einen Blick auf das Thermometer neben der Stalltür – es zeigte eben über null Grad. Wenn es weiter fiel, würde das Wasser in den Eimern gefrieren und sie müsste am Abend noch mal raus und es auswechseln.

Ehe sie zurück zu den Boxen ging, warf sie einen

Blick durch die Stalltür nach draußen. Und da sah sie ihn liegen: Prinz, den Schimmel. Er lag auf der Seite, alle viere von sich gestreckt. Filou stand neben ihm und ließ den Kopf hängen.

Das Haus der Familie Schmidt leuchtete in der Dämmerung wie ein Pfefferkuchenhaus. In allen Fenstern standen Lichterbögen, bunte Sterne und Schneekristalle klebten an den Scheiben, und eine Tanne im Garten erstrahlte im vollen Lichterschmuck. An der Haustür hing ein Tannenkranz mit roten Schleifen und Kugeln.

Marie und Steffen stürmten an die Haustür, als Emina klingelte. Im Flur tobten die anderen Kinder aus dem Krippenspiel herum. Sophie Schmidt, die Mutter von Steffen und Marie, kam aus der Küche, um Emina zu begrüßen. Sie wischte sich die Hände an einem weihnachtlichen Geschirrtuch trocken, das mit grünen Tannenbäumen bedruckt war, und hieß sie herzlich willkommen. Es roch im ganzen Haus nach Tannennadeln, Zimtsternen und frischem Kaffee.

Im Esszimmer war eine Nähmaschine aufgebaut. Berge von farbigen Leinentüchern, rotem Pannesamt und weißem Kunstpelz türmten sich auf den Stühlen und der Anrichte. Die Kinder zeigten Emina ihre Accessoires: Für die Engel gab es goldfarbene und weiße Heiligenscheine, die man sich mit einem Reif auf dem Kopf setzte. Die Engelsflügel waren aus weißem Plastik und Kunstfedern gemacht und wurden auf den Rücken geschnallt wie ein Rucksack. Das alles konnte man als »Christkindset« im Internet in allen Größen bestellen. Philine und Tinky trugen goldfarbene Ballerinas, die ihnen mindestens drei Nummern zu groß waren.

»Ich möchte nur mein Ballettkleid anziehen«, rief Barbie, die in einem weißen Trikot mit Tutu herumsprang. Sie setzte ihren Heiligenschein aus weißem Kunstpelz auf und ließ ihn über dem Kopf wippen wie eine Blüte an einem langen Stängel. Ihre Flügel hatte sie falsch herum umgebunden, so dass die Spitzen nach unten zeigten und sich im Tutu verfingen.

Die Jungs, die die Hirten spielten, hatten sich in dunkelbraune Laken gewickelt, die sie mit Bootstauen in der Taille zusammenhielten. Rosa malte ihnen mit einem Augenbrauenstift dunkle Bärte ins Gesicht. Anschließend sahen sie aus wie die Panzerknacker auf Hafturlaub. Jurek versuchte, sich aus zwei aneinandergeknoteten bunten Schals einen Turban zu winden, der ihm aber immer wieder über die Augen rutschte.

»Kinder, jetzt wird erst mal Kaffee getrunken, beziehungsweise Kakao und Saft«, rief Sophie und scheuchte die Kinder ins Wohnzimmer. »Wer will heißen Kakao? Wer will ein Stück Christstollen?«

Im Wohnzimmer stellte Sophie Emina ihre Schwester Sybille vor, die wegen einer Behinderung auf dem Sofa sitzen blieb. Sie sah verhärmt aus, schmal das Gesicht und durchscheinend die Haut. Aber sie sprach fröhlich und freundlich, und ihre

Gestik war lebendig und engagiert. Sie zog die Kinder auf und versprach, sich gleich nach dem Kaffee an die Nähmaschine zu setzen und beim Nähen mitzuhelfen.

»Sybille ist meine Lieblingstante«, sagte Marie und schmiegte sich an ihre Seite. Auch Steffen schien seine Tante zu mögen. Er zögerte, ob er sich auf dem Sofa zwischen die beiden drängeln sollte, entschloss sich dann aber, sich zu Jurek auf den Boden zu lümmeln.

Sybille zeigte auf Eminas Bauch. »Wann ist es denn so weit? Das wird womöglich ein richtiges Christkind, oder?«

»Nein, ist noch ein Weilchen Zeit. Stichtag ist erst Anfang Januar.«

»Aber bestimmt ganz am Anfang.« Sophie lachte und legte Emina ein Stück herrlich duftenden Stollen auf den Teller.

»Zweiter Januar«, sagte Emina.

Rosa ging mit der Kaffeekanne herum und füllte die Tassen der Erwachsenen. Außer Sybille war noch eine ältere Nachbarin gekommen, die ebenfalls beim Nähen der Theaterkleider helfen wollte.

»Meine Kinder sind alle an Feiertagen gekommen«, steuerte diese zum Thema bei. »Paul ist Neujahr geboren, Frieder am Buß- und Bettag. Den gibt es ja heute nicht mehr, aber damals war es noch ein Feiertag. Und Lydia kam ganz früh morgens am Karfreitag. Das war besonders dumm, weil alle Ärzte im Urlaub waren und die Hebamme eigentlich auch Ferien machen wollte. Na ja, eine Notbesetzung gibt es immer. In welches Krankenhaus werden Sie denn gehen für die Niederkunft?«

»Ich habe mich im Geburtshaus in Altona angemeldet«, sagte Emina.

»In Hamburg?«, rief die Nachbarin. »Wenn Sie da nur rechtzeitig hinkommen! Bei dem Wetter …«

»Das wir schon klappen«, meinte Sophie und bot Zimtsterne an. Die Kinder griffen eifrig zu. »Nur nicht bange machen lassen.«

Sybille sah Emina mit verträumtem Blick an und zerteilte dann mit ihrer Kuchengabel den Stollen in kleine Häppchen, die sie Stück für Stück genießerisch langsam auf der Zunge zergehen ließ.

»Großmamas altes Rezept.«

»Natürlich«, sagte ihre Schwester. »Mit zwei Pfund echter Butter, zwei Handvoll schwarzer Korinthen, Zitronat, Orangeat und Rosinen, einer halben Tasse gehobelter Mandeln und einem großen Stück Marzipan.«

»Das reinste Hüftgold.« Die Nachbarin lachte und ließ sich ein zweites Stück auf den Teller geben. Die Kinder hatten ihren Kakao ausgetrunken und fingen wieder an herumzutoben. Emina hatte den Eindruck, dass die Kindergruppe größer geworden war. Die kleine Sonja fehlte, dafür waren zwei Jungs dazugekommen, die sie noch nicht kannte.

»Kommt Renate nicht?«, fragte sie.

»Sie hat wieder Sorgen mit ihren Pferden. Der alte Schimmel ist gestürzt, auf dem Weg auf die Weide einfach zusammengebrochen. Sie rief vorhin an, sie wartet auf den Tierarzt.«

»Wie schrecklich!«, sagte Emina. »Wo sie doch gerade diese Anzeige bekommen hatte, so eine blöde Sache.«

»Ja, was sollte das nur?«, fragte Sophie. »Ich habe auch davon gehört. Wer tut denn bloß so etwas?«

»Pssst«, machte Sybille und zeigte auf die Kinder. Aber Rosa und Jurek spielten mit den anderen mit den Verkleidungen und hörten nicht, worüber die Erwachsenen sprachen. »Das wissen doch alle hier im Raum, wer so etwas tut«, sagte sie leise.

»Dabei gibt es niemand Zuverlässigeres in ganz Lechnow als Renate Griese, wenn es um die Tiere geht. Wie kann man ihr nur unterstellen, sie habe die Pferde gequält?«

»Sie soll sie hungern gelassen haben«, sagte Emina. »Ich war zufälligerweise dabei, als die Amtsärztin zu Frau Griese kam und sich die Pferde angesehen hat. Sie hat natürlich festgestellt, dass die Tiere einfach nur alt sind und etwas unterernährt, weil sie keine Lust mehr haben zu fressen.«

»Na bitte«, sagte die Nachbarin. »Sage ich doch. Renate quält doch keine Tiere. Sie würde alles für ihren alten Prinzen tun. Wo er doch dem Doktor gehört hat.«

»Sie hängt an dem Tier mindestens so, wie sie an ihrem Vater gehangen hat.«

»Das hätten Sie erleben müssen«, sagte die Nachbarin. »Das war eine Liebe zwischen Vater und Tochter, wie man sie sich nur wünschen kann. Insofern war es kein Wunder, dass Anna-Lisa sich mit ihrer Familie ausgeschlossen fühlte. Helmut – das war Renates Bruder – hat sich nie darüber beschwert. Aber der lebte ja nur für seine Arbeit. Und er hing auf seine Weise auch sehr an seiner Schwester.«

»Bis zu dem Unglückstag«, sagte Sybille leise. »Da ist seine kleine Tochter Betty vom Pferd gefallen«, fuhr sie, an Emina gewandt, fort.

»Ja, das war furchtbar«, sagte Sophie. »Ich war dabei, als es passierte. Betty war ja meine Cousine.«

»Wie alt war sie denn da?«, fragte Emina.

»Elf Jahre alt. Sie war im Alter genau zwischen uns«, Sophie zeigte auf Sybille und sich. »Und sie wohnte hier nebenan, im Haus unserer Großeltern. Anna-Lisa, Helmut und ihre beiden Kinder Horst-Jürgen und Betty. Jetzt wohnt Horst-Jürgen dort mit seiner Familie und seiner Mutter. Seine Schwester Betty war eine leidenschaftliche Reiterin. Sie hatte ein eigenes Pferd, das bei dem Doktor im Stall stand. Er hatte ja diesen großen Pferdestall ausgebaut, dort befanden sich damals viele Reitpferde. Der Doktor hatte mindestens drei Pferde, er fuhr auch Kutsche und …«

»… und Ponys hatten sie auch«, warf Sybille ein.

»Stimmt, sie hatten viele kleine Ponys für uns Kinder. Und dann bekam er diese eigenwillige Stute, die so wild war, dass niemand sich traute, sie zu reiten. Nur die kleine Betty traute sich. Es wurde dann ihr Pferd, sie vollbrachte die reinsten Kunststücke mit ihr, sie konnte wahnsinnig gut voltigieren. Sie war einfach ein Talent. Anfangs trainierte Renate mit ihr, sie hat ja immer mit den Kindern und den Pferden gearbeitet. Bis zu diesem Unfall. Dabei konnte sie wirklich nichts dafür, dass Betty abstürzte. So etwas passiert nun mal, Reiten ist ein gefährlicher Sport. Sie ist so unglücklich gefallen, das arme Kind, hat sich das Genick gebrochen. Sie war sofort tot. Von da an hat Anna-Lisa nicht mehr mit Renate gesprochen. Und mit dem Doktor auch nicht, weil er sich natürlich hinter seine Tochter gestellt hat. Ja, so war das.«

»Und seitdem bekämpfen sich die beiden Frauen?«, fragte Emina.

Sophie nickte. »Ja, das wird wohl nie aufhören. Aber es geht nur von Anna-Lisa aus. Sie verlässt den Raum, wenn Renate irgendwo auftaucht. Und Renate geht aus Angst nirgendwo mehr hin, wo Anna-Lisa sein könnte. Schrecklich! Renate ist seitdem eigenbrötlerisch geworden und in sich gekehrt.«

»Und ich dachte, das sei ihre Natur«, meinte Emina.

»Es ist ihre Natur geworden. Sie war nie sehr gesprächig, aber inzwischen kann sie wohl gar nicht mehr anders.«

»Ich glaube, wir sollten jetzt anfangen, die Kostüme zu nähen, sonst müssen die Kinder bald wieder nach Hause gehen und treten am Samstag ohne Kostüme auf.«

»Du hast recht, Sybille. Es sei denn, jemand möchte noch ein Stück Stollen oder eine Tasse Kaffee?«

In der Nacht wurde Emina alle Stunde wach, weil sie nicht mehr wusste, wie sie liegen sollte. Auf dem

Bauch schlafen ging schon seit Monaten nicht mehr. Auf dem Rücken auch nicht, weil das Gewicht des Bauches sie dann bedrängte, auf der rechten Seite lag sie nicht gern, blieb nur die linke Seite. Immer wieder musste sie aufstehen und über den eiskalten Flur zur Toilette tappen, obwohl sie sich schon angewöhnt hatte, abends nicht mehr viel zu trinken. Schwanger werden war leicht, schwanger sein auf die Dauer dann doch nicht! Am Ende sehnte man die Geburt wirklich herbei. Danach würde ihr Körper ihr endlich wieder allein gehören.

Wann immer sie in ihr kaltes Zimmerchen zurückkam, sah sie vor dem Fenster im Licht der Straßenbeleuchtung die Schneeflocken tanzen. Es hatte schon am Nachmittag wieder angefangen zu schneien und seitdem nicht mehr aufgehört.

Gegen fünf Uhr war sie endgültig wach und stellte den Heizlüfter an, den der Wirt ihr gegeben hatte. Ein Stromfresser, aber wenn sie wach war, musste sie es sich etwas wärmer machen, sonst war es nicht auszuhalten in dem ungeheizten Zimmer. Sie baute sich aus ihren Kissen ein Sofa, zog sich warme Socken, Pullover und Jacke an und griff nach dem Nähzeug, dass sie sich mitgenommen hatte. Mit feinen Stichen fasste sie die Knopflöcher ein, mit denen die Umhänge der Hirten unter dem Kinn geknöpft wurden. Sybille hatte die Mäntel mit der Maschine zusammengenäht, aber die Feinarbeiten machte man besser mit der Hand. Am Nachmittag zur Generalprobe sollte Emina die Sachen mit in die Kirche bringen, dort würden die Kinder sie dann anprobieren.

Die fünf Knopflöcher waren schnell genäht. Etwas weißer Stoff war noch übrig, und Emina schnitt schnell ein kleines Hemdchen draus, säumte es, fasste Halsausschnitt und Ärmelchen ein und stach zwei kleine Knopflöcher auf der Schulter. Das war der einzige Ort, wo ein Babykleidchen Knöpfe tragen konnte, ohne dass das Kind sich Druckstellen holte.

Sie breitete das weiße Hemdchen auf ihren Knien aus. Es war winzig geworden, es würde das erste Kleidungsstück ihres Kindes nach der Geburt sein, beschloss sie. Zum ersten Mal verstand sie mit Kopf und Bauch, dass es bald so weit war, dass die Geburt unmittelbar bevorstand und sie bald ein Baby haben würde. Was sie bis jetzt erfolgreich verdrängt hatte, war ihr durch diese kleine Handarbeit plötzlich bewusst geworden: Sie hatte ein Hemdchen genäht für ihr Kind – sie würde bald Mutter sein.

Ein warmes, wohliges Gefühl durchströmte sie. Die Tränen schossen ihr plötzlich in die Augen vor Rührung. Immer wieder strich sie über das Hemdchen, es war so klein! Genau wie das Baby, das ihr bald anvertraut sein würde. Und gleichzeitig stieg eine leichte Panik in ihr auf. Sie hatte den Geburtstermin ein bisschen manipuliert, damit niemand – vor allem Jasper nicht – eine Verbindung zu dem Ausflug nach Lechnow an diesem ersten warmen Frühlingsabend im April ziehen würde. Sie hatte das Datum ihrer letzten Regel ein bisschen vorverlegt – das bedeutete, dass der wirkliche Geburtstermin nicht Anfang Januar, sondern vielleicht schon Ende Dezember lag, vielleicht in der nächsten Woche? Sie musste nach Hause, am besten so bald wie möglich. Aber nun hatte sie zugesagt, beim Krippenspiel am Heiligabend mitzumachen. So lange musste sie hierbleiben. Und wenn sie in die Schneewüste hinaussah, über der nun gerade der erste Streifen orangeroter Morgendämmerung heraufzog, war ihr auch klar, dass sie es kaum noch wagen konnte, allein mit ihrem kleinen Auto nach Hause zu fahren. Zur Not würde sie halt den Zug nehmen müssen. In dem Augenblick klingelte ihr Handy. Es war Anett.

»Ich hoffe, ich wecke dich nicht – es ist ja erst kurz nach acht.«

»Ich bin schon seit Stunden wach. Wie geht es dir?«

»Mir geht es gut«, sagte Anett, mit Betonung auf *mir*. Ihre Stimme klang frostig, mit einer Spur Zynismus. Emina versuchte, den Unterton zu ignorieren. Ihr war klar, was jetzt kommen würde.

»Mir auch«, sagte sie fröhlich. »Vor meinem Fenster ist alles weiß, die schönste Winterlandschaft, wie im Skiurlaub. Mein Auto ist gar nicht wiederzufinden unter all dem Schnee.«

»Es ist ja auch absolut kein Wetter zum Autofahren. Hast du nicht die Verkehrsnachrichten gehört? Die Autobahn nach Hamburg ist gesperrt wegen zahlreicher Unfälle. Auf den Landstraßen liegen umgefallene Bäume und Strommasten.«

»Kaum schneit es mal ein bisschen, bricht gleich alles zusammen. Die Zivilisation ist einfach nicht darauf eingerichtet, dass die Natur sich mal austobt.«

»Die Zivilisation wird das schon überleben, aber

du, Emina, wie willst du es eigentlich schaffen, rechtzeitig in die Geburtsklinik zu kommen, wenn es jetzt plötzlich losgeht? Hast du darüber schon mal nachgedacht?«

»Ach Anettchen, ich muss am Samstag noch die Maria spielen beim Krippenspiel, und danach, gleich am Sonntagmorgen, komme ich nach Hause, okay? Bis dahin ist der Schnee bestimmt schon wieder weggetaut, die Autobahn ist wieder frei, und die Bäume sind von den Landstraßen gezogen worden. Alles kein Grund zur Panik, oder? Außerdem geht es mir blendend, und ich habe noch keine einzige Wehe oder was auch immer, was ein Grund zur Beunruhigung wäre. Wie geht es Jasper?«

»Gute Frage«, knurrte Anett. »Er hat mir gestern alles gesagt.«

»Ist mir klar.«

»Ich habe ihm geraten, einen Vaterschaftstest machen zu lassen, wenn das Kind da ist. Und vorher nicht die Pferde scheu zu machen.«

»Ja«, sagte Emina lahm. »Aber ich kenne das Ergebnis.«

»So«, meinte Anett scharf. »Und warum bist du dir da so sicher? Na gut, das geht mich jetzt nichts an, ist eure Sache, wie ihr eure Beziehung gestaltet. Aber wenn du meinem Bruder Schaden zufügst, das geht mich schon etwas an.«

»Schaden«, murmelte Emina. »Das klingt wie etwas, für das eine Haftpflichtversicherung zahlen würde.«

»Tut sie aber leider in diesem Fall nicht.«

»Nun mach aber mal einen Punkt. Ich habe einen Fehler gemacht, okay. Ich habe mir einen Seitensprung erlaubt, das ist dir bestimmt noch nie passiert. Aber es könnte dir vielleicht auch mal passieren im Laufe des Lebens, oder? Leider habe ich das Pech gehabt, davon schwanger zu werden. Und da es zwischen deinem Bruder und mir immer nicht klappt mit dem Schwangerwerden, habe ich mich entschlossen, dieses Kind auch zu bekommen. Und Jasper soll der Vater sein.«

»So einfach denkst du dir das. Aber so einfach ist es eben nicht, Emina. Wie sollte Jasper denn reagieren, deiner Meinung nach? Dachtest du, er fällt dir um den Hals, weil du euch beiden ein Kind organisiert hast? Günstige Gelegenheit, die man nicht verpassen sollte? Ich meine, dir muss doch klar sein, dass der arme Mann total fertig ist. Und dabei hat er sich so auf das Kind gefreut.«

»Ich hätte es ihm eher sagen müssen«, räumte Emina ein. »Das könnt ihr mir zu Recht vorwerfen.«

»Als wenn es darum ginge, was wir dir vorwerfen könnten«, sagte Anett bissig. »Das ist jetzt ja wohl komplett egal.«

Emina spürte, dass Anett ihr Pulver verschossen hatte, und entspannte sich etwas. Ihr war bitterkalt, sie musste endlich ihr Zimmer verlassen und sich im inzwischen hoffentlich eingeheizten Gastzimmer beim Frühstück aufwärmen.

»Und ich dachte, ich werde Tante«, sagte Anett traurig. »Und die Kinder haben sich schon auf ihren kleinen Cousin gefreut.«

»Sie bekommen ja auch ihren kleinen Cousin«, sagte Emina und kämpfte gegen das Zittern in ihrer Stimme. Warum musste das alles so kompliziert sein? Sie bekam ein Kind, na und – war es da nicht egal, von wem es stammte? Es war doch nur wichtig, wo es aufwachsen würde. »Was soll ich denn jetzt machen, mit dem Kind allein in die Wüste gehen?«

»Hast du denn nun mit dem richtigen Vater gesprochen?«

»Nein, aber ich habe ihn inzwischen gefunden. Ich werde heute mit ihm sprechen.«

»Was ist das denn für einer?«

»Er ist nett. Aber ich bin mit Jasper zusammen, wirklich. Es war nur so eine Laune. Es war so ein schöner warmer Abend damals, und wir haben uns auf Anhieb gut verstanden. Glaub mir, davon ist jetzt nichts mehr da.«

»Wenn er dich gesehen hat, dann weiß er doch schon von seinem Glück?«

»Nein, glaube ich nicht. Ich glaube, er hat mich nicht mal wiedererkannt.«

»Wow, das muss aber ein heißer Liebesanfall gewesen sein.«

»Wir haben uns gestern nur kurz in einer dunklen Kirche gesehen. Beim Krippenspiel.«

»Wie Maria und Josef, was?«

»Er hat die Orgel gespielt.«

»Ach so. Ein Musiker – auch das noch! Ist er Single? Vielleicht kommt er ja auf den Gedanken, dich heiraten zu wollen und eine Familie mit dir zu gründen?«

»Anett, das ist Unsinn, glaub mir.«

»Vielleicht solltest du es dem Typen doch lieber nicht sagen? Nicht jetzt zumindest. Sieht er gut aus?«

»Geschmackssache. Er hat sich lange Haare wachsen lassen. Mit kurzem Haar gefiel er mir damals besser.«

»Wie alt?«

»Etwas jünger als ich. Vielleicht Ende zwanzig.«

»Puh, der arme Jasper mit seiner Halbglatze. Das ist eine harte Konkurrenz. Dafür hat mein Bruder einen guten Beruf und ist kein brotloser Künstler. Mit ein bisschen Glück könnt ihr euch bald ein Häuschen im Grünen kaufen, und vielleicht kommen dann noch ein oder zwei eigene Kinder dazu, und alles wird doch noch gut.«

»Dieses ist auch ein eigenes Kind, Anett«, sagte Emina wütend, schälte sich aus der Bettdecke und stand auf. Die Kälte griff nach ihren nackten Beinen. »Und jetzt lass mich endlich in Ruhe mit deinem spießigen Lebensmodell. Meins sieht vielleicht ganz anders aus, und Japsers auch.«

»Da bin ich mir aber nicht so sicher. Jasper wird jedenfalls Heiligabend bei uns feiern, du scheinst dich ja nicht an unsere spießige Verabredung zu erinnern.«

»Ach, das hätte ich wirklich fast vergessen. Tut mir leid. Aber dann fahre ich einfach am Heiligabend noch nach Haus. Bin dann zur Bescherung bestimmt rechtzeitig da.«

»Du spinnst ja. Mach bloß nicht so einen Unsinn! Also, wir sehen uns auf jeden Fall am ersten Feiertag, okay? Die Gans liegt schon in der Kühltruhe.«

Emina presste eine Hand in die Seite, weil es in ihrem Bauch fürchterlich rumorte. Und dann fiel ihr ein, dass sie noch kein einziges Weihnachtsgeschenk besorgt hatte.

# Strohfeuer

Marie und Tinky waren ganz und gar in ihre Bastelarbeiten vertieft. Marie, die Ältere, schnitt mit einer Nagelschere kleine, runde Taler aus einer Folie, die auf der einen Seite golden, auf der anderen silbrig glänzte. Sie war sehr geschickt bei dieser Sache, fand Sybille. Sie hatte ihren Rollstuhl an den Tisch geschoben, die Ellbogen auf der Tischplatte aufgestellt und beobachtete die Kinder bei ihrer Arbeit. Maries Taler wurden schön kreisrund, und sie zerknitterte beim Schneiden nicht die übrige Folie, wie es bei anderen Kindern leicht geschah. Sie drehte die Taler und legte sie mit der goldenen Seite nach oben vor Tinky hin, die sie nicht ganz so sorgfältig mit flüssigem Klebstoff bestrich und auf das silberne Dach des Kirchleins aufbrachte. Ihre Finger klebten schon, und sie hatte Mühe, die Taler auf dem Dach und nicht an ihren Fingern hängen zu haben. Das Gebäude hatte Sybille gestern aus Balsaholz und dünner Pappe zusammengebaut. Es hatte eine richtige Balkenkonstruktion, an der sie lange herumgeknobelt hatte. Sie war stabil genug geworden, um nun von Tinkys klebrigen Fingern malträtiert zu werden.

»Die goldenen Taler sind die Sterne und die silbernen die Schneeflocken«, sagte Tinky.

»Nein, die goldenen sind die Dachziegel, und silberne machen wir nicht«, meinte Marie.

»Ich finde die silbernen aber auch schön.«

Marie schwieg und schnitt weiter Taler aus. Sie wurden alle fast gleich groß und kreisrund.

»Du machst das sehr gut«, meinte Sybille. »Bastelt ihr zu Hause auch viel?«

Tinky schüttelte den Kopf. »Nein, Mama hat keine Zeit dafür. Und Papa sagt, wir sollen lieber etwas Nützlicheres machen. Er will mich immer mitnehmen in den Wald und mir zeigen, wie man die Bäume kennzeichnet und die Zäune repariert.«

»Aha«, sagte Sybille und dachte, dass das ja auch keine besonders geeignete Beschäftigung für ein siebenjähriges Kind war. Aber darüber dachte ein Förster offenbar anders. Da er nur drei Töchter und keinen Sohn hatte, hatte er offenbar die Mittlere als seine Nachfolgerin auserkoren.

»Ich habe aber gar keine Lust dazu«, fügte Tinky hinzu und klebte einen besonders schönen, runden Taler auf das Dach. »Mir tun immer die Füße weh, wenn wir so weit im Wald laufen.«

»Wollen wir einen Strohstern auf die Turmspitze setzen?«, schlug Sybille vor. »Das ist der Stern von

Bethlehem, der zeigt den Hirten und den Weisen aus dem Morgenland den Weg.«

»O ja«, sagte Tinky. »Wenn du ihn machst? Ich kann keine Strohsterne machen.«

»Du kannst es aber lernen«, sagte Sybille. »Allerdings nicht heute mit deinen klebrigen Fingern.« Sie suchte sich ein paar Strohhalme aus dem Haufen, der in einer durchsichtigen Plastiktüte auf dem Tisch lag, und schnitt sie alle auf die gleiche Länge. Marie hörte auf zu schneiden und sah ihr zu. Tinky streckte ihre klebrigen Finger in die Luft und passte ebenfalls auf.

Sybille schnitt einen langen Faden von der Nähgarnrolle und knotete ihn an einem schönen, geraden Strohhalm fest. Dann legte sie einen Strohhalm mittig über diesen und fügte weitere Halme sternförmig dazu, das Ganze immer zwischen Daumen und Zeigefinger fixierend. Wenn vier Halme beisammen waren, wurden sie mit dem Garnfaden fixiert, dann weitere Halme hinzugefügt und festgebunden, bis ein dicker, vielstrahliger Stern entstanden war. Dann erbat Sybille die scharfe Nagelschere von Marie und schnitt fast alle Strahlen des Sterns auf die gleiche Länge ab, immer schön spitz zulaufend von zwei Seiten beschnitten. Die längeren Strahlen ergaben den Schweif des Sterns.

»Schön!«, rief Tinky mit glänzenden Augen. »Wir kleben ihn hier oben an dem Zipfel fest, ja?«

»Dafür habe ich den Zipfel ja stehen gelassen«, sagte Sybille und zog die kleine Kirche zu sich heran. »Und ihr könnt euch jetzt mal überlegen, wie wir die anderen Geschenke basteln, die die Heiligen Drei Könige dem Jesuskind mitbringen.«

Während sie in ihr Zimmer rollte, um das Teppichmesser zu holen, mit dem sie den Balken beschneiden konnte, klingelte das Telefon. Sie rollte in den Flur, wo der Apparat in der Basisstation stand.

»Schmidt«, meldete sie sich.

Am anderen Ende blieb es einen Moment lang still. »Wanka«, meldete sich dann eine Stimme, die ihr irgendwie bekannt vorkam.

»Ja, was kann ich für Sie tun?«, fragte Sybille. Sie lauschte gespannt in den Hörer, neugierig herauszufinden, zu wem die Stimme gehörte.

»Ich … ich wollte mit Christoph Schmidt sprechen«, stotterte Emina am anderen Ende.

»Emina, du bist es. Das ist ja eine Überraschung. Hier ist Sybille. Wir haben uns bei meiner Schwester kennengelernt. Erinnerst du dich? Ich bin die Rollifahrerin.«

»Ja, natürlich, hallo, Sybille.«

»Du willst meinen Mann sprechen? Tut mir leid, er ist noch nicht da. Aber er müsste jeden Moment kommen. Wie geht es dir, ist der Bauch noch in Ordnung? Und bist du neulich gut nach Hause gekommen? Das Wetter wird ja immer schlimmer. Na, wenigstens bekommen wir weiße Weihnachten, das ist doch herrlich.«

»Ja«, sagte Emina. »Das ist klasse. Mir geht es gut, alles in Ordnung. Also, dann rufe ich später noch mal an.«

»Soll ich Christoph etwas ausrichten? Kann er dich erreichen?«

»Nein, nein danke«, sagte Emina. »Ich melde mich einfach noch einmal. Es ist nicht so wichtig.«

»Sonst siehst du ihn bestimmt heute Abend bei der Generalprobe. Bist du auch schon so aufgeregt wie die Kinder? Wir wollen gleich noch ein bisschen den Text üben.«

»Es geht schon. Ich muss ja nichts sagen, einfach nur dasitzen und auf die Krippe schauen.«

»Hast du Neuigkeiten von Renate? Ist das alte Pferd wirklich gestorben?«

»Ja, es soll heute abgeholt werden. Traurig, nicht wahr?«

»Sehr traurig«, sagte Sybille.

»Also dann, bis morgen in der Kirche, okay?«

»Natürlich. Mach's gut Emina, und danke für deinen Anruf.«

Emina saß wie erstarrt auf ihrem Bett, das Handy in der Hand. Sie versuchte immer wieder, eins und eins zusammenzuzählen: Christoph war also kein Single, er war verheiratet. Noch dazu mit einer so netten Frau. Allerdings schien Sybille um einiges älter zu sein als er. Und sie war krank. Oder jedenfalls schwerbehindert. Was mochte in ihm vorgehen, in seiner Situation? War ihre Liaison für ihn also auch nur ein spontaner Seitensprung gewesen – genau wie für sie? Warum sollte sie ihn dann mit der Wahrheit durcheinanderbringen? Sie würde den beiden nur Kummer bereiten. Vermutlich konnte Sybille keine Kinder gebären – wie furchtbar für sie, wenn sie nun erführe, dass Emina von ihrem Mann ein Kind bekäme. Das konnte sie Sybille nicht antun. Nicht jetzt jedenfalls.

Sie sprang vom Bett und zog ihren Koffer aus dem Schrank. Wild durcheinander warf sie ihre Sachen in den Koffer, holte die Kulturtasche aus dem Badezimmer, das sie die ganzen Tage über allein für sich gehabt hatte. Schob den Reisewecker zusammen und ließ ihn mit einem Knacken einrasten. Sie würde jetzt einfach nach Hause fahren. Sie hatten beide ihren Spaß gehabt. Christoph hatte sie benutzt, genau, wie sie ihn benutzt hatte. Sie war ihm nichts schuldig. Und ihrem Baby auch nicht. Wenn es eines Tages die Wahrheit wissen wollte, war es immer noch früh genug, sich darum zu kümmern. Solange würde es bei ihr und Jasper aufwachsen, es würde ein wunderbares Elternhaus und einen liebevollen Vater haben, und mehr konnte man einem Kind nicht bieten. Das war allemal besser als eine chaotische Kindheit mit zwei Vätern und womöglich zwei Müttern und überhaupt: Das Kind gehörte ihr und sonst niemandem.

Emina hievte den Koffer vom Bett. Dann fiel ihr ein, dass ihr Auto unter einem Schneeberg begraben war. Sie schlüpfte schnell in die Stiefel, die noch nass vom Vortag waren, warf ihren Mantel über und lief so schnell sie konnte die Treppe hinunter. Der freigefegte schmale Weg vom Dorfplatz zum Gasthaus war im Laufe des Vormittags schon wieder zugeweht. Von der Kirche her schlug es drei Uhr. Bald würde es dunkel werden. Sie musste sich beeilen, wenn sie noch beim letzten Rest Licht so weit wie möglich vorankommen wollte, raus aus dieser Schneelandschaft und heim zu Jasper.

Mit beiden Händen strich sie den Schnee von der Fahrertür. Zum Glück war das Türschloss nicht eingefroren. Mit eiskalten Fingern schloss sie den Wagen auf und holte den Handfeger hinter dem Fahrersitz hervor. Wie immer und überall war ihr der dicke Bauch im Weg, als sie begann, die Frontscheibe frei zu fegen. Immer wieder fiel neuer Schnee vom Dach auf die Scheibe. Sie stand schon bis über die Knie in der Schneewehe, in der der Wagen versunken war. Plötzlich spürte sie eine Hand auf der Schulter und drehte sich um. Vor ihr stand Christoph, eingemummt wie ein Weihnachtsmann in eine Kapuze, die mit dickem Pelz besetzt war. Seine Nase war ganz rotgefroren, und seine Augen lachten.

»Willst du schon wieder wegfahren, ohne mir richtig guten Tag gesagt zu haben?«, fragte er.

»Ich?«, stammelte Emina empört. »Du hast mir doch nicht guten Tag gesagt neulich in der Kirche. Ich dachte, du hast mich gar nicht erkannt.«

»Natürlich habe ich dich erkannt«, sagte Christoph. »Meinst du, ich habe dich vergessen?«

Emina ließ den Handfeger sinken und sah Christoph an. Er stand ganz dicht vor ihr, so dicht, wie der viele Schnee und ihr Bauch es zuließen. Dann hob er die rechte Hand, an der er genau so einen Handschuh trug, wie Renate Griese sie anhatte: schwarze Strickware mit abgeschnittenen Fingerkuppen. Er strich eine Haarsträhne aus ihrem erhitzten Gesicht. »Wieso sollte ich dich nicht wiedererkennen, kleine Schwalbe?«

Emina spürte ein brennend heißes Gefühl hinter dem Brustbein, und ihre Knie wurden schwach. »Kleine Schwalbe« hatte er sie damals auch genannt. Eine Schwalbe macht noch keinen Sommer, darüber hatten sie gesprochen, so hatte dieses lange, schöne, vertraute Gespräch begonnen, das nur eine Nacht lang gedauert hatte, ohne jedoch einen einzigen Moment abzureißen oder an Intensität zu verlieren. Mit einem Mal war alles wieder da: dieses wunderbare Gefühl, gesehen, verstanden und begehrt zu werden, sich mit einem Fremden so perfekt zu verstehen, als hätte man die andere Hälfte von sich selbst gefunden. Jemand, bei dem man sich ganz sicher fühlte. So sicher, dass man sich ihm augenblicklich und ganz und gar hingeben konnte. Liebe auf den ersten Blick nannte man das wohl. Und genau das war es gewesen, was sie damals gefühlt hatte. Und genau deshalb hatte sie sofort mit ihm geschlafen. Nicht aus einer Laune heraus, nicht, weil sie irgendwelche Defizite in der Beziehung zu Jasper hatte, nicht aus einer Not heraus oder weil sie so lange nicht mehr guten Sex zusammen gehabt hatten – nein, sie war mit Christoph an diesen Strand am Flussufer gegangen, weil sie zusammengehörten wie Adam und Eva. Er war der Mann, der zu der Frau gehörte, die sie war. Er war ihr Mann.

»Ich bin schwanger von dir«, sagte sie und musste schlucken, um die Fassung zu bewahren. Aber die Tränen stiegen ihr trotzdem in die Augen, Tränen der Freude und des Kummers. Und dabei fühlte sie sich zum ersten Mal, seit sie diesen orangefarbenen Ring in dem Schwangerschaftstest aus der Apotheke gesehen hatte, wieder leicht und frei und glücklich. Und zutiefst unglücklich zugleich.

Christoph begann zu lächeln. Es war, als würde die Sonne aufgehen in seinem Gesicht. Seine Augen leuchteten, seine Stirn wurde hoch und hell, seine Wangen formten kleine runde Äpfelchen. Und dann riss sein Mund auf und zeigte seine makellos weißen Zähne, und er fing an zu lachen, riss den Mund immer weiter auf und lachte, dass es über den ganzen Platz schallte. Und dann schlang er beide Arme um Emina und drückte sie ganz fest an sich, so fest, dass sie es schon mit der Angst bekam um ihren Bauch, um das kleine, neue Menschlein darin, das zu ihnen beiden gehörte und von nun an zwischen ihnen stehen würde als etwas Gutes, als das Beste vielleicht, was sie beide zuwege bringen würden in ihrem Leben.

Christoph ließ sie wieder los und strich sich den Schnee aus dem Bart, den er auf Eminas Mantel eingefangen hatte. Er sah sie lange an, strahlend glücklich und ohne die geringste bedenkliche Wolke im Gesicht.

»Was sagst du dazu?«, fragte Emina, obwohl eine weitere Antwort eigentlich nicht nötig war.

»Was soll ich dazu sagen?«, antwortete Christoph

und legte eine warme Hand auf Eminas Bauch. »Wann ist es denn so weit?«

»Bald.«

»Bald«, wiederholte er, und der selige Ausdruck gefror ein wenig in seinem Gesicht. »Weißt du schon, was es wird?«

»Ein Sohn.«

Christophs Augen glänzten.

»Versteh mich nicht falsch, Christoph. Es gibt schon einen Vater für das Baby. Aber du bist der Erzeuger.«

Christoph nickte.

»Ich dachte, du solltest das wissen.«

»Natürlich muss ich es wissen.« Christoph trat einen Schritt zurück und zeigte auf Eminas Auto. »Du willst doch nicht etwa fahren? Bei dem Wetter – das ist viel zu gefährlich.«

Emina zuckte die Achseln. »Ich muss einfach zurück nach Hamburg.«

Christoph sah plötzlich wieder ernst aus, so, als hätte man alle Lichter in seinem Gesicht ausgeschaltet. »Natürlich«, murmelte er und trat einen Schritt zurück. »Obwohl wir doch abgemacht haben, dass du morgen die Maria spielst. Es sind so viele Kinder krank. Wir finden einfach keinen Ersatz.«

Emina griff mit beiden Händen nach Christophs rechter Hand. Seine Fingerkuppen waren eiskalt, wie aus Metall. Christoph erwiderte ihren doppelten Händedruck, schob mit der Linken seine Kapuze zurück und sah in den Himmel. Eine verirrte Schneeflocke setzte sich auf Eminas Nasenspitze und schmolz. Christoph beugte sich zu ihr herab und gab ihr einen Kuss auf die Nase.

Anna-Lisa schrak zusammen, als der Griff ihrer Zimmertür heruntergedrückt wurde. Sie ruhte im Fernsehsessel, hatte die Beine hochgelegt und hielt Mittagsruhe.

Sie tat, als ob sie fest schliefe. Es musste Sonja sein, die in ihr Zimmer trat. Niemand sonst drückte den Türgriff so langsam und gleichzeitig so laut und knirschend herunter wie die Kleine. Sie war zwar inzwischen gar nicht mehr so klein, sie hatte schon fast die Größe eines Schulkinds und war vor allem von ihren Fähigkeiten her schon lange für die Vorschule reif. Aber eine Vorschule gab es in Lechnow nicht, auch nicht in der näheren Umgebung. Und die Grundschule begann nun mal erst im nächsten Jahr nach den großen Ferien. Solange musste das arme Kind sich noch zu Hause langweilen. Wenn es gar zu arg wurde wie jetzt, weil sie wegen einer Erkältung im Haus bleiben musste und ihre großen Geschwister nicht da waren, kam sie zu Omi ins Zimmer, drückte sich solange an der Tür herum, bis Anna-Lisa sich erbarmte, ihre jeweilige Beschäftigung unterbrach und sich mit ihr befasste. Am liebsten schaute Sonja sich bei Omi auf dem Schoß sitzend die Nachmittagsserien im Fernsehen an. Das durfte Tanja natürlich nicht wissen, sonst gab es Theater. Als wären ihre Kinder nicht auch trotz nachmittäglichen Fernsehschauens wohlgeraten. Horst-Jürgen war als Kind ein großer Fernsehnarr gewesen. Und die kleine Betty, nun ja, die hatte eigentlich außer ihrer Reiterei nicht viel im Sinn gehabt. Sie hatte nie stillsitzen können. Von wem sie das bloß gehabt hatte? Von ihr jedenfalls nicht. Anna-Lisa hatte als Kind allerdings auch keine Zeit und Gelegenheit für sportliche Aktivitäten gehabt. Sie war hier im Dorf aufgewachsen, in diesem Haus, als Älteste von sechs Geschwistern. Schon früh hatte sie der Mutter bei der Hausarbeit helfen müssen, die ständig schwanger war und ständig gebar. Vor allem bei der vielen Wäsche. Schon mit zehn Jahren hatte sie die Hemden des Vaters und der großen Brüder bügeln können, und zwar richtig schön glatt und ordentlich, auch die Kragen und Manschetten. Welches Mädchen brachte das heute noch fertig? Darum hatten die Eltern sie auch gern im Haus behalten, als sie beschloss, Helmut Griese zu heiraten, und das junge Paar einfach keine Wohnung fand. Helmut bekam von zu Hause ja nichts mit. Der alte Doktor kümmerte sich immer nur um seine Tochter Renate. Sein Sohn hatte eine Lehre beim Wasserbauamt gemacht und sich dann bei der Bundeswehr verpflichtet, wo man ihm ein Ingenieurstudium ermöglicht hatte. Als sie sich kennenlernten, hatte er die Kaserne gerade wieder verlassen und seine erste Anstellung beim Deichverband erhalten. Er hatte zwar keinen Pfennig auf der Naht gehabt, aber einen krisenfesten Job. Fleißig wie er war, würde er sich schon hocharbeiten, hatte ihr Vater gemeint und wie immer recht behalten. Deichvogt war er geworden, nur durch seine unermüdliche Arbeit für den Deichverband. Helmut zog also zu ihr in ihr Elternhaus, und im Grunde hatten sie diese Entscheidung nie bereut.

Als die Eltern alt und krank wurden, hatte Anna-Lisa sie jahrelang versorgt, wie es sich gehörte. Sie hatte es sogar gern getan. Sie hatte ja auch nichts anderes gelernt, als sich zu kümmern und andere zu versorgen. Darum überschrieben die Eltern ihr am Ende das Elternhaus, in dem sie noch heute wohnte – ihr ganz allein. Sie musste ihrem Bruder nicht mal den Pflichtteil auszahlen, er war mit einem anderen Grundstück abgefunden worden und hatte auf seinen Anteil am Haus verzichtet. Seine Töchter, Sybille und Sophie, die nebenan beziehungsweise ein Dorf weiter wohnten, wussten das auch ganz genau. Und trotzdem hielten sie sie für eine Erbschleicherin. Das war ungerecht – aber so waren die Leute eben. An der Wahrheit war keinem gelegen, nur Missgunst gab es überall. Früher hatten sie alle zusammen Weihnachten gefeiert, hier bei den Eltern im Hause. Das war nun schon lange vorbei. Jetzt saß jeder für sich unterm Weihnachtsbaum und feierte im engsten Kreis.

»Omi?«, flüsterte Sonja leise. »Schläfst du noch?«

Anna-Lisa rührte sich nicht. Heute hatte sie mal keine Zeit für die Kleine. Sie wartete darauf, dass es fünfzehn Uhr wurde, um einen wichtigen Anruf zu erledigen. Dabei konnte sie die Kleine nicht brauchen. Sie verstand schon zu viel und erzählte alles brühwarm ihrer Mutter weiter.

»Omilein, ich habe so Langeweile.«

Anna-Lisa schnaufte, ließ aber die Augen geschlossen. Sonja tat ihr leid, sie war so ein verzogenes Nesthäkchen, das sich niemals allein beschäftigen konnte. Aber heute würde sie hart bleiben. Nach dem Telefonat konnte sie zu ihr hinübergehen und sie zum Fernsehen holen. Ihre Schwiegertochter war heute Nachmittag einkaufen gegangen für die Festtage, viel zu spät, ihrer Meinung nach. Sicher würde es lange dauern, bis sie zurückkehrte. In den Supermärkten war es voll so kurz vor den Festtagen. Allein für den Karpfen, der beim Fischhändler abgeholt werden musste, würde sie mindestens eine halbe Stunde Schlange stehen. Horst-Jürgen konnte ihr nichts davon abnehmen, er musste ja in den Wald, um mit dem Förster einen Weihnachtsbaum für sie zu schlagen. Tanja bestand darauf, dass es eine selbstgeschlagene Tanne war, nur weil Sybille und Sophie auch eine hatten. Als ob Horst-Jürgen nicht Wichtigeres zu tun hätte! Zudem konnte man heutzutage in der Kreisstadt an allen Ecken sehr schöne Nordmanntannen kaufen. Sie verpackten sie sogar in handliche Netze, in denen sie sich bei dem kalten Wetter ohne Probleme auf der Terrasse frisch hielten. Aber Tanja musste natürlich etwas Besonderes haben, eine richtige Tanne aus dem Wald, voll Schnee und Eis, die mit ihrem frischen Harz die Möbel und den Boden schmutzig machen würde. Und Tanja wusste natürlich, wie sie bei Horst-Jürgen ihren Kopf durchsetzen konnte.

Die Zimmertür wurde langsam aber geräuschvoll wieder geschlossen. Sonja hatte das Zimmer verlassen, und Anna-Lisa schlug die Augen auf. Auf der weißen Wolltischdecke ihres Couchtisches saß das kleine Eichhörnchen von Steiff. Daneben lagen zwei klebrige Karamellbonbons, ein kleiner Gruß von Sonja. Wie rührend! Sie warf einen Blick auf die Wanduhr. Der große Zeiger rückte endlich auf die Zwölf, es war drei Uhr. Sie griff zum Telefon und wählte die Nummer ihres Anwalts. Die Anwaltsgehilfin meldete sich, und Anna-Lisa wies darauf hin, dass Dr. Breckner ab 15 Uhr um ihren Rückruf gebeten hatte. Sie wurde mit dem Anwalt verbunden.

Rosa faltete die Hände um den roten Becher mit den Sonnenblumen, ihren Lieblingsbecher. Immer wenn sie bei ihrer Tante war, trank sie daraus heißen Kakao, den Renate ihr kochte. Die Tante hatte immer extra für sie die ganz magere Milch dafür da, die mit nur 0,1 Prozent Fett, ganz ohne dass Rosa darum bitten musste. Renate war die Einzige, die Rosa keine Vorwürfe machte, weil sie so mager war, und die sie nicht zum Essen drängte. Sie nahm Rosa einfach so, wie sie war. Sie wusste eben, dass man leicht sein musste, wenn man reiten wollte. Kein Pferd trug gern einen schweren Sack auf dem Rücken. Zu Hause verstand das niemand. Sie waren alle unsportlich und fett, auch Tanja, ihre Mutter, war vollkommen unsportlich, wobei sie dafür eigentlich noch erstaunlich schlank war. Sie musste auch nicht so auf das Essen achten wie Rosa. Rosa hatte vermutlich Papas Gene. Papa hatte einen richtig dicken Bauch. Er aß ständig riesige Portionen und trank jeden Abend Bier. Er brauchte das viele Essen angeblich, weil er an der frischen Luft arbeitete, und das Bier, weil er so viel Stress hatte.

»Ich werde mit deinem Vater sprechen«, sagte Renate. »Ich finde, du bist jetzt alt genug, um ein eigenes Pferd zu versorgen. Und nun ist nur noch Filou da, bald wird der Stall ganz leer sein.«

»Papa würde mir nie ein eigenes Pferd kaufen. Er sagt, das ist zu teuer für uns und ich könnte genauso gut in den Reitstall gehen wie die anderen Kinder im Dorf und die Pferde dort reiten. Später, wenn ich volljährig bin und mir der Reitstall gehört, könnte ich dann machen, was ich will.«

»So ein Unsinn«, sagte Renate. »Ich werde dir das Pferd kaufen. Ich habe auch schon eins im Auge für dich.« Sie fuhr sich mit beiden Händen übers Gesicht und rieb ihre Augen. Seit Prinz' Tod hatte sie keine Ruhe gefunden. Am Nachmittag war die Amtsärztin noch einmal gekommen, den Tierarzt aus der Kreisstadt im Schlepptau. Sie hatten beide das tote Tier untersucht und tippten auf Herzschlag als Todesursache. Mit der Unterernährung könne der Tod nicht zusammenhängen, meinte die Ärztin. Und auch das Leinöl und die kräftige Henkersmahlzeit seien nicht tödlich gewesen. Prinz war einfach alt gewesen und gestorben. Welches Pferd hat schon das Glück, zwanzig Jahre alt zu werden und auf dem Weg auf die Weide zu sterben?

Noch am Abend hatte der Kadaver abgeholt werden sollen, aber der Lkw war nicht durch die Schneewehen gekommen. Renate hatte das tote Tier mit einer Plane bedeckt, die sie mit Steinen beschwert hatte. Über Nacht war Schnee draufgefallen, es sah aus wie ein frischer Grabhügel. Sie hatte die ganze Nacht im Stall verbracht. Filou war unruhig gewesen. Sie wusste selbst nicht, ob sie den Fuchs hatte beruhigen wollen oder sich selbst oder ob sie die Totenwache hielt, damit der Kadaver nicht von streunenden Tieren angegriffen wurde. Ihn in den Stall zu ziehen schaffte sie allein nicht. Sie hätte ein paar Männer aus dem Dorf rufen können, aber sie wollte niemanden sehen. Am Morgen waren dann die Abdecker gekommen, hatten Prinz auf den Wagen geladen und ihn abgefahren. Wohin? Sie hatte sich entschieden, das Tier einäschern zu lassen und nicht zum Abdecker zu bringen. Das kostete sie zwar eine Stange Geld, aber es war ihr egal.

Rosa war gleich nach der Schule zu ihr gekommen. Die Schulferien begannen dieses Jahr erst einen Tag vor Heiligabend. Rosa hatte einen Hauch von Bratäpfeln und Pfefferkuchen mitgebracht. In der Schule hatten sie Julklapp veranstaltet, Kinderpunsch getrunken, Kekse gegessen und Weihnachtslieder gesungen. Lieber hätten sie den Kindern freigeben sollen bei dem Wetter.

»Willst du noch Kakao? Ein kleiner Rest ist noch da.«

Rosa schüttelte den Kopf. Renate goss den Rest in ihren eigenen Becher. Ihre Hand zitterte.

Sie setzte sich wieder an den Tisch und spielte mit der Visitenkarte, die Emina ihr gegeben hatte. Sie hatte schon befürchtet, dass sie bald Hilfe und den Rat eines Fachmanns brauchen würde. Ob der Spuk nun vorbei war, wo Prinz doch tot war? Oder ob es jetzt erst richtig losging? Vielleicht würde Anna-Lisa nun endlich Ruhe geben. »Ich muss mich ein wenig hinlegen, meine Liebe. Willst du bis zur Probe hierbleiben, oder gehst du zwischendurch nach Hause?«

»Darf ich hierbleiben?«

Renate nickte. »Natürlich. Du kannst dich aufs Sofa legen. In der Stube ist es warm. Ich lege mich ins Bett. Ich habe die ganze Nacht nicht geschlafen.«

»Ich wecke dich rechtzeitig«, sagte Rosa und räumte die Tassen ab.

Als ihre Tante verschwunden war, ging sie ins Wohnzimmer, stemmte die Arme in die Seiten und musterte den Raum. Er sah genauso nüchtern und aufgeräumt aus wie immer. Nicht ein Tannenzweig stand in der Vase, es gab kein Adventsgesteck, keine Kerzen, nicht mal eine Lichterkette im Fenster. So trostlos und allein sollte die arme Tante die Weihnachtstage nicht verbringen!

Rosa packte ein paar Schätze aus ihrem Rucksack aus, die sie in der Schule mitgenommen hatte: zwei goldene Weihnachtskugeln, eine dicke rote Schleife, eine Kerze und den komischen Schneemann auf dem Schlitten aus bemaltem Holz, den sie zum Julklapp bekommen hatte. Dazu drapierte sie eine Handvoll Lametta, das sich in der Tasche fürchterlich vertüdelt hatte, und suchte in der Küche ein scharfes Messer, um im Garten ein paar schöne Tannenzweige zu schneiden.

»Habe ich dich geweckt?«, fragte Emina und flüsterte unwillkürlich, obwohl sie allein in ihrem eiskalten Kämmerlein und wie immer auch auf dem ganzen Gasthausflur war. Wo die Wirtsleute wohnten, hatte sie noch nicht in Erfahrung gebracht. Vermutlich ganz woanders. Wenn das hieß, dass sie über Nacht ganz allein in dem Gasthaus war, wollte sie es lieber gar nicht wissen.

»Nein.« Carola gähnte. »Ich bin nur fast beim Fernsehen eingeschlafen. Es ist ja erst halb zehn. Mensch, wie geht es dir, bist du etwa immer noch auf dem Land?«

»Ich bin noch in Lechnow.«

»Willst du nicht mal bald nach Hause kommen?«

»Morgen.«

»Hast du den Typen gefunden?«

»Ja.«

»Und? Nun rede schon, hast du mit ihm gesprochen? Und was hat er dazu gesagt?«

Emina schluckte so lange, bis sie ihre Stimme wieder in den Griff bekam. »Nichts«, sagte sie schließlich, aber es war nur ein Hauchen.

»Was?«, rief Carola. »Ich verstehe dich nicht, Emmi. Was hat er gesagt, der Mistkerl? Gar nichts?«

»Er ist kein Mistkerl. Er hat sich gefreut.« Emina starrte durch die vereiste Scheibe in die sternklare Nacht. Nirgendwo anders gab es so herrliche Sternenhimmel wie hier am Fluss. Im Winter und im Frühjahr. Nirgends. »Was soll er denn auch sagen?«

»Irgendetwas«, meinte Carola. »Erzähl bitte, wie ist das Gespräch abgelaufen?«

Emina erzählte Carola der Reihe nach von den beiden kurzen Begegnungen mit Christoph.

»Er hat sich also wirklich gefreut«, stellte Carola fest. »Das spricht natürlich für ihn. Aber wie geht es nun weiter?«

»Ich weiß es nicht. Wir haben noch nicht wieder zusammen gesprochen. Als ich zur Abendprobe kam, waren schon alle in die Kirche. Die Stimmung war sehr gereizt, die Erwachsenen waren schlecht drauf und nervös wegen des Wetters. Sie sind sowieso im Stress wegen Weihnachten, genau wie in der Stadt. Die Kinder waren überdreht und haben mit den Kostümen herumgealbert, ihre Hüte vertauscht, ihre Texte vergessen.«

»Also eine richtige Generalprobe, bei der alles schiefging.«

»Könnte man sagen. Christoph kam wieder später und musste eher weg. Ich hatte schon Angst, dass er gar nicht kommen würde wegen des Wetters – es schneit hier wirklich ohne Unterlass. Aber dann kam er am Ende doch, abgehetzt und mit nassen Klamotten, weil er irgendwo ein Auto aus dem Schnee ausgraben musste. Er hat mich kaum begrüßt. Und hinterher ist er mir auch aus dem Weg gegangen.«

»Dass ihr euch überhaupt wiedererkannt habt«, meinte Carola versonnen.

»Ich habe ihn sofort erkannt. Und er mich auch. Ich dachte erst, er würde sich nicht an mich erinnern. Aber er hat gesagt, dass er mich genauso schnell erkannte wie ich ihn. Das Problem ist nur, er ist verheiratet. Ich habe seine Frau schon kennengelernt.«

»Au Backe, das geht ja gar nicht.«

»Wieso? Ich bin doch auch quasi verheiratet.«

»Ja, aber eben nur quasi. Das macht einen großen Unterschied.«

»Seit wann denkst du denn so etwas? Für mich macht es überhaupt keinen Unterschied. Ein echter Unterschied ist allerdings, dass Christophs Frau krank ist. Sie sitzt im Rollstuhl.«

Carola schwieg einen Moment. »Pack deine Sachen, Emina. Bitte, bitte, komm sofort nach Hause. Sprich nicht weiter mit ihm.«

»Aber warum nicht? Was hast du denn jetzt? Erst hetzt du mich hierher, und jetzt soll ich wieder nach Hause kommen? Ich bleibe hier, bis ich in Ruhe mit Christoph gesprochen habe.«

»Emina, es tut mir leid, dass ich dich da hineinmanövriert habe. Entschuldige bitte. Aber ich konnte doch nicht wissen, dass der Mann verheiratet ist. Darauf bin ich einfach nicht gekommen.«

»Du bist manchmal echt kalt wie eine Hundeschnauze«, sagte Emina mit zitternder Stimme. »Ich kann hier jetzt nicht abreisen, wo ich noch gar nichts geklärt habe. Außerdem – ich habe ihn irgendwie auch gern, verstehst du? Ich habe mich so gefreut, dass er sich über das Kind freut, ich bin ganz durcheinander und muss jetzt erst mal in Ruhe mit ihm darüber reden.«

»Tu es nicht, Emina, bitte. Hör auf mich! Ich bin zwar keine solche Spezialistin wie du auf dem Gebiet der Zweisamkeit. Aber hast du dir noch nicht überlegt, dass dein Christoph vielleicht Ansprüche auf das Kind anmelden könnte? Zumal wenn seine Frau krank ist und vielleicht keine Kinder mehr bekommen kann? Eine eheliche Gemeinschaft könnte bei Gericht vorteilhafter erscheinen als eine uneheliche wie die deine.«

»Aber ich bin doch die Mutter! Kein Gericht der Welt kann mir mein Kind wegnehmen.«

»Da sei dir nicht so sicher, Mienchen! Das neue Familienrecht gibt Vätern und Müttern gemeinsam das Sorgerecht. Die Rechte der Väter sind wieder gestärkt worden – du wärst nicht die erste Mutter, der man ihr Kind wegnimmt. Früher war das sogar die Regel und nicht die Ausnahme. Bitte, lass dich nicht weiter mit Christoph ein! Du hast es ihm nun gesagt – und fertig. Komm nach Hause und heirate Jasper, so schnell wie möglich. Er ist Anwalt, er wird es schon regeln, dass ihr das Sorgerecht behaltet.«

Emina schniefte laut. »Ich weiß überhaupt nicht mehr, was ich machen soll. Das Kind ist noch gar nicht da, und es gibt nur Zank und Streit darum.«

»Pack deine Sachen«, wiederholte Carola. »Ich flehe dich an. Und nimm den Zug, die Straßen sind die reinsten Eisbahnen. Soll ich dich am Bahnhof abholen?«

# *Josef*

»Guten Morgen, Frau Griese. Mein Name ist Doktor Breckner, ich bin der Rechtsanwalt Ihrer Schwägerin Anna-Lisa Griese in der Nachlassangelegenheit Ihres verstorbenen Vaters, Doktor Helmut Griese.«

»Guten Tag«, sagte Renate. »Worum geht es?« Sie stellte ihren Kaffeebecher auf den Küchentisch ab und ging ins Wohnzimmer, wo sich ihr Schreibtisch befand. Ihr Blick fiel auf ein höchst ungewöhnliches Weihnachtsgesteck aus ein paar borstigen Wacholderzweigen, zwei goldenen Kugeln, einem Knäul Lametta, einer dicken roten Schleife und einer Kerze in der Mitte. Daneben stand ein kitschiger holzgeschnitzter Schneemann auf einem Schlitten, der die Peitsche schwang. Die Pferde davor fehlten. Das musste Rosa ihr hingestellt haben. Ihr fiel ein, dass sie noch immer nicht die Stiefel für sie gekauft hatte.

»Meine Mandantin hat mich darüber informiert,

dass Ihr Pferd vorgestern gestorben ist«, fuhr der Anwalt fort. »Sie geht davon aus, dass das Tier obduziert werden wird.«

»Das Pferd ist eines natürlichen Todes gestorben«, sagte Renate. »Die Amtsärzte waren hier und haben den Totenschein ausgestellt.«

»Ich werde das den Akten entnehmen«, sagte der Anwalt. »Warum ich Sie anrufe, ist Folgendes: Ich bin mit meiner Mandantin übereingekommen, dass wir noch mal zu einem Gütetermin einladen, bei dem wir versuchen, die Erbschaftsstreitigkeiten einvernehmlich zu klären.«

»Jetzt, nachdem diese unverschämte Anzeige gegenstandslos geworden ist …«

»Frau Griese, ich verstehe Ihren Ärger. Aber Sie müssen auch die Position meiner Mandantin verstehen. Sie konnte nicht wissen, dass das Tier gut versorgt wird. Es sah ja wirklich schlecht aus, und wie man nun wohl gesehen hat, ging es ihm auch nicht mehr gut. Sie hat ja nur im Sinne des Tierschutzes gehandelt.«

»Tierschutz? Aus meinem Stall will sie mich vertreiben, und die beiden alten Pferden gleich mit, die mein seliger Vater hinterlassen hat – mit der ausdrücklichen Bitte, bis zum Ende für sie zu sorgen. Kann sie das denn nicht abwarten? Womit muss ich noch rechnen, angesichts von so viel Habgier und Ungeduld?«

»Sehen wir es uns doch einmal von der anderen Seite an«, sagte der Anwalt sanft. »Ihre Schwägerin hat die gemeinsamen Kinder großgezogen. Das war ihr Lebensinhalt. Ihr Mann – Ihr werter Bruder – hat sich neben seiner Berufstätigkeit um die Familie nicht viel kümmern können. Ferner hat Ihre Schwägerin ihre eigenen Eltern versorgt, schließlich bis zum Tode gepflegt, in dessen Haus die Familie daraufhin kostenfrei bis heute wohnt. Ihr Bruder hat nie elterliche Unterstützung erhalten oder eingefordert, seine Familie wurde ausschließlich durch die Familie meiner Mandantin unterstützt. Ihr Vater hat lediglich seine Enkeltöchter Betty und Rosa zeitlebens gefördert und sie besonders in seinem Testament bedacht. Sie haben ihm offenbar sehr viel bedeutet.«

»Mein Vater hatte nicht viel anzubieten außer dem Wohnhaus hier, in dem kein Platz für eine vierköpfige Familie gewesen wäre neben der Veterinärpraxis – und dem Pferdestall. Und den Stall bekommt ja nun bald die Urenkelin.«

»Wenn ich fortfahren darf? Meine Mandantin ist ferner sehr belastet durch den tragischen Unfalltod ihrer Tochter – der sich damals in Ihrem Beisein ereignet hat.«

Regina schwieg.

»Das soll kein Vorwurf sein, Frau Griese. Bitte verstehen Sie mich nicht falsch. Ich versuche nur, Ihnen die emotionale Gemengelage meiner Mandantin vor Augen zu führen.«

»Bettys Tod war für uns alle ein schrecklicher Schlag. Nicht nur für Anna-Lisa. Aber es konnte niemand etwas dafür. Es war ein Unfall, Unfälle passieren manchmal. Außerdem ist es jetzt zwanzig Jahre her.«

»Sie haben vollkommen recht. Und dies ist vielleicht auch meiner Mandantin in der letzten Zeit klargeworden. Aus diesem Grund möchten wir nun noch einmal ein Gespräch initiieren. Unser Vorschlag wäre – sehr kurzfristig, zugegeben –, heute Nachmittag in meinem Büro. Würden Sie dazukommen wollen? Es wäre wünschenswert, wenn auch Sie einen Rechtsbeistand oder jemand Ihres Vertrauens mitbrächten.«

»Heute? Unmöglich. Ich habe noch viel zu viel zu erledigen.«

»Vielleicht ist gerade die vorweihnachtliche Stimmung eine gute Rahmenbedingung für ein solches Gespräch. Es wäre doch sicher im Sinne der ganzen Familie, wenn die Streitigkeiten zwischen Ihnen beigelegt werden könnten. Lassen Sie uns spontan zusammenkommen, und sei es nur, um einen Anfang zu machen. Alles Weitere könnten wir dann im neuen Jahr aushandeln.«

Renate fiel ein, dass sie sowieso noch in die Kreisstadt musste, um die Stiefel für Rosa zu kaufen. Aber allein wollte sie sich einem solchen Gespräch mit Anna-Lisa auf keinen Fall aussetzen.

»Sehen Sie es als ein Friedensangebot an. Als ersten Schritt«, fuhr der Anwalt fort.

»Vielleicht …«, meinte Renate und griff nach der Visitenkarte des Anwalts, den Emina ihr empfohlen hatte. »Wenn ich meinen Anwalt heute noch erreiche, dann kann ich vielleicht kommen. Ich weiß aber nicht, ob er Zeit hat.«

»Rufen Sie ihn an und melden Sie sich gleich

noch einmal bei mir. Dann sehen wir uns hoffentlich um fünfzehn Uhr in meinem Büro, Wilhelmsgraben elf. Ich danke Ihnen, Frau Griese.«

Christoph ließ sich in den Sessel fallen, die schweren Wanderstiefel sorgsam auf die Plane gestreckt, mit der der Teppichboden im Wohnzimmer fast zur Hälfte bedeckt war. Der einzige Ort, der für den Weihnachtsbaum in Frage kam, war der freie Platz vor dem großen Bücherregal. Er wurde immer freigelassen, damit Sybille auch vom Rollstuhl aus ans Bücherregal herankam. Mit einer speziell angefertigten langen Zange, die so ähnlich aussah wie ein Apfelpflücker, konnte sie auch die Bücher in den obersten Reihen herunterziehen. Ihre Bücher mussten immer alle erreichbar sein. Sie konnte unmöglich warten, bis mal jemand kam, um ihr eins von ganz oben herunterzureichen. So war sie nun mal, seine Frau, eine Büchernärrin, eine besessene Leseratte.

Christoph schmunzelte, als Sybille ins Zimmer rollte und mit großen Augen auf die mächtige Tanne starrte, die er draußen auf der Terrasse bereits in den Tannenbaumständer bugsiert hatte. Morgen mussten sie den Baum nur noch ins Wohnzimmer hereinholen. Dafür brauchte er aber ganz bestimmt eine helfende Hand. Eine gesunde Hand, möglichst nicht die zarten, kranken Hände von Sybille.

»Da staunst du, was?« Er lächelte. »Das ist etwas anderes als die langweiligen Nordmanntannen, die es hinter dem Marktplatz gibt. Das ist ein richtiger Tannenbaum aus dem Wald.«

»Das ist der schönste Weihnachtsbaum, den ich je gesehen habe«, stammelte Sybille und lachte ihn mit den schönsten, glücklichen Kinderaugen an. »Mein Christobal, mein Entdecker, wie bist du bloß dazu gekommen?«

»Mit einer langen Säge, ritsche, ratsche, und mit dem Mann deiner Cousine – alles ganz legal. Der Förster hat uns mit in den Wald genommen und die Bäume für uns ausgesucht. Die Überraschung ist voll und ganz gelungen, würde ich sagen!«

»Überraschung gelungen«, wiederholte Sybille und rollte über die Plastikabdeckung bis an die Fensterscheibe. Dort drückte sie sich im wahrsten Sinne des Wortes die Nase platt. »Und ich weiß auch schon, wie ich ihn schmücken werde«, sagte sie leise. »Ganz in Rot und Gold.«

»Ich werde ihn schmücken«, sagte Christoph. »Nach deinen Anweisungen, wie immer.«

»Du meine Hand, mein Auge, mein Sinn. Dein Stecken und Stab trösten mich«, flüsterte Sybille und lächelte.

»Psalm 23, das war zu einfach!«, sagte Christoph. Er erhob sich aus dem Sessel und stellte sich hinter den Rollstuhl. Dann legte er seine Hände auf Sybilles Schultern und massierte vorsichtig ihre Schultermuskeln, die immer verhärtet waren, weil sie sie überanstrengte, wenn sie den Rollstuhl bewegte. Christoph spürte die Härten auf, strich mit den Daumen darüber, bis sie warm und weich wurden.

Sybille ließ den Kopf hängen. Ihr hellblondes Haar, das noch kein einziges graues Haar aufwies, fiel vorne über ihre Brust wie ein weicher Vorhang. Ihre Hände lagen auf den Knien, ineinandergeschoben wie zu einem Gebet.

»Danke«, sagte sie schließlich und hob den Kopf wieder. »Wenn das Orgelspielen dich eines Tages nicht mehr ernährt, kannst du dein Geld als Masseur verdienen.«

»Dann lebe ich lieber von deiner üppigen Rente«, meinte Christoph.

»Hast du übrigens Emina gesehen? Sie hat dich gesucht«, sagte Sybille.

»Wer hat mich gesucht?«, fragte Christoph scharf. Er war bis ins Mark erschrocken und froh, dass Sybille ihn nicht sehen konnte.

Sybille drehte den Rollstuhl geschickt auf dem Fleck zu ihm um.

»Emina, die schwangere Hamburgerin.« Sie lächelte. »Sie hat hier gestern angerufen und wollte dich sprechen.«

»Ich kenne keine Emina.«

»Das ist ja seltsam. Vielleicht hast du ihren Namen vergessen? Ist sie eine Schülerin von dir? Oder eine Verflossene aus deiner Hamburger Zeit?«

»Nein.« Christophs Stimme klang so schneidend, dass Sybille ihn überrascht ansah.

»Das war doch nur ein Scherz«, sagte sie.

»Damit macht man keine Scherze. Du kennst meine Vergangenheit.«

»O je, was ist dir denn über die Leber gelaufen. Ich

weiß, dass du immer ein sehr braver Bub warst und nicht viele Frauen kanntest. Vor meiner Zeit.«

Sie lächelte, aber Christoph lächelte nicht zurück. So wurde auch Sybille wieder ernst.

»Okay, entschuldige. Ich wollte mich nicht über dich lustig machen. Vielleicht ruft sie ja noch mal an, dann klärt sich alles auf. Ich kümmere mich jetzt um das Mittagessen. Vom Tannenbaum anschauen allein werden wir schließlich nicht satt.«

»Ich ziehe mich rasch um, dann helfe ich dir«, meinte Christoph und ging mit großen Schritten in sein Zimmer am Ende des Flurs.

Sybille sah ihm nachdenklich nach. Es war krankhaft, wie sehr sie ihn liebte. Das lag natürlich auch an ihrer Lage, ihrer Abhängigkeit. Sie war auf seine Hilfe angewiesen. Was würde sie ohne ihn machen? Ihre Eltern lebten nicht mehr, und ihre Schwester Sophie hatte genug mit ihrer eigenen Familie zu tun und bestimmt keine Lust, sie zu pflegen. Und Pflegebedürftigkeit, das war es, was eines Tages, über kurz oder lang, auf sie zukam. Aber dieses Angewiesensein und Christophs hingebungsvolle Versorgung, ohne ihr jemals das Gefühl zu geben, ihm lästig zu sein, das alles war es nicht, was ihr Gefühl für ihn begründete. Es war viel mehr. Verrückterweise gab er ihr das Gefühl, dass sie ihn trug, nicht umgekehrt. Ihre tiefe Kraft, ihre immer frohe, fast tänzerische Grundstimmung war es, die sein Leben von einem Augenblick zum anderen zum Glänzen zu bringen vermochte. Wie eine Wasserfläche, die anfing zu glitzern, wenn die Sonne drauffiel. Diese Sonne für ihn zu sein, das war es, was ihre Liebe zu ihm begründete, was sie glücklich machte und sie am Leben hielt. Und was durch nichts zu zerstören war.

Ach, hoffentlich stimmte es, was sie sich da zusammendachte. Sie würde gleich nach dem Essen eine passende Stelle in ihren Büchern suchen, eine Stelle, die ihre Liebe zu Christoph beschrieb. Das konnte nur von einem Meister kommen. Sie dachte an Flaubert, Balzac, einen Franzosen. Die konnten meisterhaft die Liebe beschreiben. Denn bei ihnen fehlte nie der tragische Zug, und nur eine Liebe, die tragisch war, war tief und berührend. Dabei hörte man es bei ihnen nicht heraus, man musste es sich selbst aus den Beschreibungen erschließen. Die französischen Dichter schrieben nicht auf, was sie dachten. Ihre Worte waren eher hell und zuversichtlich. Das Drama begann von ganz allein zwischen den Zeilen zu leben. Anders die Russen, die Meister der dunklen Tragik. Vielleicht sollte sie bei Tolstoi suchen oder bei Dostojewski. Ihr fiel eine kleine Erzählung von Dostojewski ein, in der es um eine verrückte Liebe ging, sie würde sie nachher suchen und finden. Und am Abend könnte sie die Stelle Christoph als Rätsel aufgeben. Er käme nie darauf! Bei den Russen kannte er sich nicht so gut aus wie bei den französischen oder deutschen Dichtern. Und natürlich lange nicht so gut wie in der Bibel. Darin war er unschlagbar. Aber das lag an seinem Beruf.

Emina brauchte den halben Vormittag, um ihr Auto freizuschaufeln. Der Wirt aus dem »Goldenen Anker« hatte ihr erst seinen Schneeschieber zur Verfügung gestellt und schließlich selbst mit Hand angelegt, als er sah, wie Emina sich mit der Arbeit herumquälte. Emina hatte die ganze Schwangerschaft über wenig zu leiden gehabt, aber nun, am Ende wurde es doch eine unerträgliche Last. Heute fühlte sie sich ganz besonders von ihrem Bauch behindert. Es war, als wenn er immer tiefer sacken würde, als wenn er schon an ihren Schultern zog und sie am liebsten mit sich zu Boden reißen würde. Ein unangenehmes Ziehen und Zerren ging durch ihren Körper, fühlte sich an wie Muskelkater, was ja kein Wunder wäre nach der Schufterei im Schnee. Sie versuchte, sich durch Bewegung und Atmung davon zu befreien, aber irgendwie wollten die Beschwerden nicht verschwinden.

Endlich stand das Auto wieder halbwegs erkennbar vor ihr. Mit Enteiser war es dem Wirt gelungen, die angefrorenen Scheibenwischer in Gang zu setzen. Die Scheiben hatte er sorgfältig mit einem Lappen und Frostschutzmittel aus der Scheibenwaschanlage geputzt.

»Gute Sicht ist das Wichtigste bei dem Wetter«, meinte er. »Sind Sie sicher, dass ich Sie nicht schnell in die Kreisstadt fahren soll? Da nehmen sie einfach den nächsten Zug, dann sind Sie heute Nachmittag sicher und heil zu Hause.«

»Und wie kommt mein Auto hinterher? Ganz allein fahren lassen mag ich es doch nicht.«

Sie lachten. Dann holte der Wirt ihren Koffer aus der Dachstube und lud sie noch schnell auf eine Tasse heißen Tee ins Gastzimmer ein.

»Sie wollen schon fahren«, meinte die Kellnerin, die mit einem Tablett voller Kerzengestecke aus der Küche kam. Die Gaststube dampfte schon wieder, alle Scheiben waren beschlagen, und der Ölofen bollerte mit orangen und stahlblauen Flammen hinter dem Guckfenster. »Ich dachte, Sie wollten beim Krippenspiel mitmachen? Sie hätten doch eine ideale Maria abgegeben.« – »Eben nicht.« Emina lachte. »Am Anfang wäre es gutgegangen, aber dann – wie soll ich denn mit meinem dicken Bauch vor einer Krippe mit dem Jesuskind sitzen?«

»Wo sie recht hat, hat sie recht«, sagte der Wirt. Er wischte mit seinem Lederlappen das Kupfer blank, bis es glänzte. Dann kamen die drei Kartenspieler herein und bestellten als Erstes drei Biere. Schon war das Kupfer wieder nass.

Die Kellnerin brachte die Biere weg und blieb neben Emina stehen. »Vielleicht kommen Sie ja bald mal wieder. Mit dem da zusammen.« Sie zeigte auf Eminas Bauch.

»Ganz bestimmt. Aber jetzt mache ich mich auf die Socken, sonst wird es bald wieder dunkel.«

Emina stapfte zum Auto. Der Motor sprang sofort an, braver Smart. Sie musste den Sitz noch ein wenig zurückstellen, um hinter das Lenkrad zu passen. Fast kam sie mit den Füßen nicht mehr an die Pedale, zum Glück hatte sie eine Porscheschaltung und brauchte nicht zu kuppeln.

Es war wie immer, wenn Schnee lag: Erst glaubte man, man könne unmöglich Auto fahren in der weißen Pracht, aber wenn man dann unterwegs war, war es gar nicht so schlimm. Die Straßen im Dorf waren frisch geräumt. Als sie das Ortsschild von Lechnow hinter sich ließ, wurde ihr noch einmal wehmütig ums Herz.

»Christoph«, murmelte sie leise. Sie hätte ihn so gern noch einmal gesehen. Wer weiß, vielleicht würden sie besser zueinander passen als Jasper und sie? Vielleicht war das gemeinsame Baby das Zeichen, dass sie zusammengehörten? Aber es ging einfach nicht. Sie musste vernünftig und realistisch sein. Sonst machte sie alle unglücklich, Jasper und Christophs Frau und Christoph und sich selbst vermutlich auch. An die Möglichkeit, dass Christoph und seine Frau, diese nette, sanfte Sybille, ihr das Kind wegnehmen könnten, konnte sie zwar nicht ernsthaft glauben. Aber es wäre natürlich entsetzlich, ein Wahnsinn, über den sie gar nicht länger nachdenken mochte.

In Gedanken vertieft fuhr sie schneller, als die rutschigen Straßen es erlaubten. Sie nahm den Fuß vom Gas und stellte das Autoradio lauter. Weihnachtslieder ohne Ende. »Jingle bells«, «Fröhliche Weihnacht«, »Morgen, Kinder wird's was geben« und dann wieder von vorne. Sie fing an, leise mitzusingen.

Plötzlich schoss ihr ein Schmerzsignal aus dem Rücken in den Bauch, nahm ihr den Atem, und dann fing das Baby an, wie wild zu strampeln. Emma trat heftig auf die Bremse. Das war im Grunde die richtige Reaktion, nur bei der Straßenlage war sie leider falsch. Der Smart bremste erst ab, nahm dann mit blockierten Rädern auf der vereisten Fahrbahn wieder Fahrt auf und rutschte wie ein Schlitten durch nichts aufzuhalten an den Straßenrand. Dort stand zum Glück kein Baum, und es ging auch nicht direkt abwärts in einen Straßengraben, sondern nur mitten in eine enorme Schneewehe hinein, die das kleine Auto verschluckte und es sanft und geräuschlos zum Stehen brachte. Der Motor hustete und erstarb. Ein Knall, und der Airbag versuchte, sich zwischen Eminas Bauch und dem Lenkrad zu entfalten. Es wurde eng im Auto, und dann wurde um Emina herum alles schwarz.

Renate nahm einen nicht mehr ganz jungen Herrn mit Halbglatze und kurzgeschorenem, dunklem Resthaar ins Visier. Er trug Jeans unter einem sehr schicken schwarzen Wollmantel und hatte einen St.-Pauli-Schal um den Hals geschlungen. Je einer der Totenköpfe lag auf seinem Rücken und auf der Brust. Er sah sich suchend um. Sein Gesicht war rund, aber nicht dicklich, er sah freundlich aus und sehr besorgt. Er trug eine schwarzlederne Aktentasche und glänzende schwarze Lederschuhe.

Renate löste sich von ihrem Auto und ging ein paar Schritte auf ihn zu.

Jasper blieb stehen und sah ihr entgegen. Mit einer kurzen Verbeugung stellte er sich vor.

»Rechtsanwalt Hellmig, guten Tag.«

»Griese.«

Sie schüttelten sich die Hände.

»Wo ist sie?«

»Wer? Meine Schwägerin? Die kommt direkt zum Anwalt«, sagte Renate und öffnete die Beifahrertür ihres Wagens, damit Jasper einsteigen konnte.

»Ich meine Emina – Sie sagten doch, sie sei hier?«

»Nein, das habe ich nicht gesagt. Emina hat Sie mir empfohlen. Aber hier ist sie nicht.«

»Wo ist sie dann?«

Renate umrundete das Auto, blieb dann aber vor der Fahrertür stehen, weil auch Jasper nicht einstieg.

»Das weiß ich doch nicht. Heute Morgen habe ich sie noch in Lechnow gesehen.«

»Wo ist das? Und wie komme ich da jetzt hin?«

Renate stieg ins Auto und wartete, bis auch Jasper einstieg. Sie startete den Motor.

»Jetzt fahren wir erst mal zu meinem Termin.«

»Natürlich«, sagte Jasper nervös. »Entschuldigen Sie, aber ich habe seit Tagen nichts von Emina gehört. Geht es ihr gut?«

Renate musterte Jasper. »Sind Sie irgendwie miteinander liiert?«

»Hat Emina Ihnen das nicht gesagt?«

»Es geht mich ja gar nichts an.« Renate fuhr los. Der Verkehr staute sich auf allen Straßen, die Parkplätze waren durch Schneewehen blockiert, deshalb parkten die Leute ihre Wagen vor den Geschäften in der zweiten Reihe. Vor der Schlachterei stand die Schlange der Kunden bis auf den Bürgersteig.

»Emina geht es jedenfalls gut«, sagte Renate nach einer Weile. »Soweit ich es beurteilen kann. Ist ja auch noch ein Weilchen hin bis zur Geburt.«

»Nein, das ist es nicht. Emina ist heute am 267. Tag ihrer Schwangerschaft. Das ist genau ein Tag über der durchschnittlichen Dauer.«

»Woher wissen Sie das denn so genau?«

»Wikipedia.«

»Was ist das denn? Ich dachte schon, Sie wären der Vater des Kindes.«

»Nein, das bin ich nicht«, sagte Jasper.

Renate stellte den Wagen im absoluten Halteverbot vor einer Baustelleneinfahrt ab. Sie hatte sich noch nie gern in die Privatangelegenheiten anderer Leute eingemischt. Warum wurde man immer in fremde Angelegenheiten hineingezogen? Konnten die Leute ihre Probleme nicht allein klären? Ehe man sich versah, steckte man mittendrin in so einer Geschichte, die die anderen sich selbst eingebrockt hatten. Und offenbar wollten heute nicht nur ihre Schwägerin und deren Anwalt sie mit ihren Problemen belästigen, sondern auch ihr eigener Rechtsbeistand, für den sie vermutlich teuer bezahlen musste. Das ging zu weit.

»Wenn Sie wollen, kann ich Sie nachher nach Lechnow mitnehmen«, sagte sie. »Aber jetzt würde ich Sie bitten, Ihre Privatangelegenheiten zurückzustellen.«

Jasper nickte und entschuldigte sich nochmals.

Das Büro von Dr. Breckner war in einem schmuddeligen Betongebäude aus den siebziger Jahren untergebracht. Drinnen sah es allerdings recht schick aus. Sogar die Wände des Treppenhauses waren mit Teppichböden bedeckt. Vielleicht war es jedoch auch nur eine Stofftapete. Es vermittelte den Eindruck schalldichter, vertrauenerweckender Räumlichkeiten.

Die Anwaltsgehilfin schickte sie in ein leeres Besprechungszimmer. Es war klinisch weiß gestrichen und sah schon viel weniger vertrauenerweckend aus. Auf dem schwarzen runden Tisch in der Ecke stand ein Weihnachtsgesteck, dessen Kerze noch kein einziges Mal gebrannt hatte. Sechs Freischwinger gruppierten sich um den Tisch. Renate nahm Platz, ohne ihre Wetterjacke abzulegen. Sie öffnete nur den Reißverschluss und band ihren Schal auf.

Jasper ging hinaus und kam kurz darauf mit Dr. Breckner zurück, eine imposante Erscheinung Mitte fünfzig, in dunklem Anzug und weißem Hemd mit Schlips. Er verströmte den würzigen Duft eines kostspieligen Aftershaves.

»Meine Mandantin ist leider noch nicht da«, meinte er, nachdem er Renate begrüßt hatte. »Die Straßen sind wohl sehr verschneit bei Ihnen draußen?«

»Kann man so sagen. Aber ich habe Vierradantrieb«, sagte Renate. »Außerdem bin ich rechtzeitig losgefahren, weil ich noch Einkäufe zu erledigen hatte.«

»Kann ich Ihnen Kaffee oder etwas anderes zu trinken anbieten? Ich werde noch einmal versuchen, meine Mandantin telefonisch zu erreichen.«

»Nein, danke«, sagte Renate.

»Ich nehme gern ein Wasser«, meinte Jasper.

Breckner drehte sich in der Tür um.

»Kennen Sie mich eigentlich nicht mehr?«, fragte er, an Renate gewandt. Er fuhr sich mit der Hand übers Haar, das trotz seines reiferen Alters noch dunkel und voll und ausgesprochen gut frisiert war. »Ich bin der Tommi, ich war in den Ferien immer in Lechnow bei meiner Großtante, Elfi Brunner. Ich habe bei Ihnen voltigieren gelernt.«

»Ach, die Elfi«, sagte Renate und schüttelte unbeeindruckt den Kopf. »Kann mich leider nicht erinnern. Sie gehörten vermutlich zu den armen Kerlchen, die mehr am Boden lagen als auf dem Pferderücken saßen.«

Breckner lächelte verlegen. »Kann schon sein. Ich fand es jedenfalls trotzdem klasse bei Ihnen. Habe Sie sehr bewundert.« Er grinste und schloss die Tür hinter sich.

Jasper pfiff leise durch die Zähne. »Deshalb also der ungewöhnliche Gütetermin … Na, dann wollen wir mal.« Er holte eine dünne Akte aus seiner Ledertasche und legte sie auf den Tisch. »Nutzen wir die Gelegenheit, damit Sie mich über die Angelegenheit informieren. Für meine Bevollmächtigung brauche ich auch noch eine Unterschrift von Ihnen.«

Anna-Lisa war sehr zeitig um vierzehn Uhr losgefahren. Normalerweise brauchte man höchstens zwanzig Minuten bis in die Kreisstadt, aber bei dem

Wetter wollte sie lieber etwas mehr Zeit einkalkulieren. Am schlimmsten war der Zufahrtsweg zu ihrem Haus. Vor Jahren hatten sie die Gemeinde zwingen können, die Räumung des Wegs zu übernehmen. Das geschah nun auch, aber höchstens einmal in der Woche. Sie hätten nicht genug Einsatzfahrzeuge, war ihnen nach einer Beschwerde vor zwei Jahren, als es zuletzt so viel Schnee gegeben hatte, gesagt worden. Priorität hätten die Hauptverkehrswege, danach kämen die Nebenstraßen und die einzelnen Zufahrten dran.

Konnte man also sehen, wie man zurechtkam, wenn man an so einer einzelnen Zufahrt wohnte wie sie. Dabei waren drei Kinder im Haus, spielte das denn gar keine Rolle? Sollten sie das Essen für die Familie auf Skiern herbeischaffen?

Vorsichtig rutschte Anna-Lisa mit dem schweren alten Mercedes, den schon Helmut vor seinem Tod vor über zehn Jahren gefahren hatte und der immer noch tadellos seinen Dienst tat, in den Spurrillen des höhergelegten Wagens ihres Sohnes entlang. Der Mercedes lag viel tiefer und setzte dauernd auf dem vereisten Schneeplateau zwischen den Spurrillen auf. Das fehlte ihr gerade noch, dass sie sich jetzt kurz vor den Feiertagen den Auspuff abriss oder was da sonst gerade so über das Eis schrammte. Sie war in ihrem dicken Nerzmantel durchgeschwitzt, noch ehe sie die Landstraße erreicht hatte.

Dort sah es allerdings auch nicht viel besser aus. Mindestens zwanzig Zentimeter Neuschnee waren hier festgefahren, und die Spurrillen sahen spiegelglatt aus. Am vernünftigsten wäre es, sofort umzukehren und die ganze Sache abzublasen. Ihre Idee war es sowieso nicht gewesen. Ein Gütetermin – so kurzfristig und unüberlegt. Dabei war ihr dieser Dr. Breckner als ein großer Kämpfer empfohlen worden. Er hatte schon Leute rausgehauen, die sich selbst im Gefängnis gesehen hatten angesichts der Vorwürfe, die gegen sie erhoben wurden. Zum Beispiel der Zech damals, der seine Rinderherde nicht hatte abschlachten wollen, als der BSE-Skandal eine regelrechte Hysterie ausgelöst hatte. Breckner hatte es geschafft, ihm seine Zucht zu erhalten. Und jetzt stand er dauernd in der Zeitung, weil er einem Getreidegroßhändler die gerichtliche Erlaubnis verschafft hatte, zwei Silos voll Futtermais weiterverwerten zu können, obwohl einzelne Proben ergeben hatten, dass der Mais von Schimmel befallen war. Breckner galt als Bauernretter. Aber vielleicht war er in Erbschaftsangelegenheiten doch nicht der Richtige?

Als sie Lechnow hinter sich ließ, war es schon zwanzig nach zwei. Immer noch Zeit genug, um rechtzeitig anzukommen, aber Anna-Lisa traute sich nicht, mehr als fünfzig zu fahren, denn das Schneetreiben setzte wieder ein, und obwohl die Scheibenwischer auf Hochtouren arbeiteten, war die Sicht miserabel. Kein einziges Auto kam ihr entgegen. Die Leute waren alle vernünftig und blieben zu Hause.

Kurz hinter der kleinen Brücke, die über das Sumpfgebiet führte, sah sie plötzlich eine riesige Schneewehe am Straßenrand, aus der zwei blinkende Autoleuchten herausschauten. Sie trat vorsichtig auf die Bremse. Der gute alte Benz kam problemlos zum Stehen. Anna-Lisa schaltete die Warnblinkanlage ein und stieg aus.

Ein kleiner Wagen mit Hamburger Kennzeichen steckte bis zum Dach in der Schneewehe. Die Fahrertür stand einen Spalt weit offen. Entsetzt riss Anna-Lisa sie weit auf, als sie sah, dass jemand hinter dem Steuer klemmte. Eine Frau, sehr dick und eingemummt, drückte sich mit beiden Armen vom Lenkrad ab und stöhnte. Der Airbag hing wie ein Wasserball, aus dem man die Luft herausgelassen hatte, über dem Lenkrad.

»Himmel, was soll ich denn jetzt machen. Hallo, leben Sie noch?«

Emina wandte den Kopf zu ihr um. Ihr Gesicht war schmerzverzerrt. »Alles in Ordnung«, sagte sie. »Ich habe nur gerade eine Wehe, glaube ich.«

»Sie sind schwanger«, sagte Anna-Lisa und zog Emina ein Stück weit aus dem Wagen, damit sie ihren Leib strecken konnte. Im ersten Augenblick hatte sie die Kugel unter dem Wollmantel für eine korpulente Figur gehalten. »Seit wann haben Sie Wehen?«

»Keine Ahnung. Ich glaube, ich war kurz weggetreten, während ich hier feststeckte.«

»Keine Panik. Haben Sie sich irgendetwas gestoßen bei dem Aufprall?«

»Nein, ich glaube nicht. Der Wagen ist ganz langsam in den Schnee gerutscht. Aber dann ist dieser blöde Airbag losgegangen. Ich glaube, davon bin ich ohnmächtig geworden. Oje, au …« Emina legte den Kopf zurück und schnappte nach Luft. Eine heftige Wehe erwischte sie, zog bis in die Oberschenkel. »Können Sie mir helfen, damit ich ein Stück gehen kann, bitte? Ich muss aufstehen. Ich muss gehen.«

»Ich bringe Sie jetzt ins Krankenhaus. Kommen Sie, gemeinsam schaffen wir es.«

Mit Anna-Lisas Hilfe gelang es Emina, aus dem Auto zu kriechen. Sie atmete tief durch und lehnte sich dankbar mit dem Rücken an ihren Wagen.

»Ich glaube, ich muss erst ein bisschen gehen. Bitte nicht wegfahren! Bleiben Sie bei mir.«

»Natürlich bleibe ich bei Ihnen«, sagte Anna-Lisa. »Seien Sie ganz ruhig. Ich habe selbst zwei Kinder geboren, das kriegen wir schon hin. Ich war schon bei so vielen Geburten dabei – meine Mutter hat all ihre Kinder zu Hause bekommen, und das waren einige, das kann ich Ihnen sagen. So war das eben früher. Kommen Sie, wir gehen ein paar Schritte, und dann fahren wir ganz gemütlich ins Krankenhaus. Es dauert sicher noch eine Weile, bis die Geburt in Gang kommt. Ist es Ihr erstes Kind?«

Emina nickte und klammerte sich mit beiden Händen am Arm ihrer Begleiterin fest. Das Gehen tat so ungeheuer gut. Das Sitzen in dem engen Auto, eingeklemmt hinter dem Lenkrad, hatte sie in Panik versetzt. Jetzt ging es schon wieder viel besser. Vielleicht schaffte sie es sogar noch bis Hamburg ins Geburtshaus. Sie wollte doch ihr Baby nicht in irgendeinem Landkrankenhaus bekommen.

»Bitte noch etwas weiter gehen«, sagte Emina. »Hier ist ein Weg.«

Anna-Lisa stapfte neben Emina her und ärgerte

sich, dass sie ihre Pumps angezogen hatte statt der dicken Schneeschuhe. Aber wer konnte ahnen, dass sie statt ihres Anwalts eine unbekannte Schwangere treffen würde. Sie müsste eigentlich in der Kreisstadt anrufen und Bescheid sagen, dass sie sich verspätete. Aber wo hatte sie nur das Handy, das Horst-Jürgen ihr zum Geburtstag geschenkt hatte? Sie hielt nicht viel von diesem neumodischen technischen Spuk. Und so war sein Akku meistens leer, wenn sie das Handy brauchte, weil sie sich nicht richtig drum kümmerte. Erleichtert spürte sie, wie die Schwangere wieder an Spannung und Haltung gewann. »Noch ein paar Schritte, dann kehren wir um, okay? Wie heißen Sie eigentlich? Sie sind nicht von hier, oder?«

»Ich bin Emina, Entschuldigung, dass ich mich nicht vorgestellt habe. Ich komme aus Hamburg. Ich bin gerade auf dem Weg nach Hause. Meinen Sie, dass mein Auto noch fährt?«

»Das kann ich Ihnen nicht sagen. Aber Sie werden ganz gewiss in Ihrem Zustand nicht alleine weiterfahren. Wann ist denn der Geburtstermin?«

»Eigentlich erst in zwei Wochen. Aber es sieht ja fast so aus, als ob es früher losgehen würde.«

»Das ist noch nicht gesagt. Vielleicht haben Sie nur Vorwehen. Die können auch wieder verschwinden. Beim ersten Mal kann es schon ein paar Tage dauern, bis es richtig losgeht.«

»So habe ich es mir auch vorgestellt«, sagte Emina beruhigt. »Da vorne ist ein Licht, sehen Sie?«

Anna-Lisa suchte den Waldrand ab, der sich hier hinter dem Heidestück am Geestrücken entlangzog.

Tatsächlich leuchtete ein kleines, viergeteiltes Fenster zwischen den Bäumen. »Das müsste der Stall von Heidi sein. Die hat ihre Lamas hier stehen. Kehren wir um? Es wird ja schon dunkel.«

»Noch ein paar Schritte, bitte«, sagte Emina. »Ich müsste auch dringend mal zur Toilette. Darf ich fragen, wer Sie sind, meine Retterin in der Not?«

»Anna-Lisa Griese. Ich wohne kurz hinter Lechnow, in den Häusern hinter der Brücke.«

Emina nickte und wollte erklären, dass sie das Dorf so gut nicht kannte. Da spürte sie plötzlich eine Art Explosion in ihrem Bauch, und dann lief etwas Heißes, Nasses aus ihr heraus und die Beine hinunter. Sie krümmte sich unter einem ziehenden Schmerz.

Anna-Lisa fasste sie unter beide Arme und hielt sie fest. Sie keuchte vor Anstrengung. Dann sah sie Eminas nasse Hosenbeine.

»Das war die Fruchtblase«, sagte sie nüchtern. »Ich glaube, wir gehen jetzt lieber weiter bis zu Heidis Stall. Und dann lassen wir einen Krankenwagen kommen. Wie geht es Ihnen?«

»Es drückt so in meinem Bauch«, flüsterte Emina. Am liebsten wäre sie auf allen vieren weitergekrochen. Sie konnte nicht mehr aufrecht stehen und wollte sich so schnell wie möglich irgendwo hinlegen, ganz egal wo. Ihre Beine gaben unter ihr nach. Eine starke Wehe fuhr wie ein Blitzschlag durch ihren Körper, gefolgt von einer nächsten, noch ehe sie Zeit gefunden hatte, Luft zu holen. Was sollte das denn werden? Sie konnte doch nicht hier, mitten auf dem Feld im Schnee, ihr Baby kriegen?

»Rufen Sie eine Hebamme an oder die Feuerwehr«, rief Anna-Lisa laut.

Emina sah aus den Augenwinkeln Heidi auf sie zulaufen. Sie trug Holzschuhe über dicken Wollsocken und eine Daunenweste, die nicht besonders sauber aussah. Stallkleidung.

»Emina«, rief Heidi. »Geht's jetzt etwa los? Kommt rein, hier drin ist es warm.«

Eine Tür wurde geöffnet, und Emina sah sich den gereckten Hälsen von drei prächtigen, aufgeregt die Lippen spitzenden Lamas gegenüber, die sie aus wundervoll großen, braunen Augen neugierig ansahen. Ihre Lider, besetzt mit langen schwarzen Wimpern, hoben und senkten sich vornehm langsam über die Augäpfel, und ihre Ohren waren aufmerksam spitzgestellt. Ihr weißes und braunes wolliges Fell war frisch gebürstet, und es roch reinlich nach frischem Heu, nach Kamille und Kornblumen im Stall. Mit gereckten Hälsen verfolgten die Tiere jede Bewegung der drei Frauen, die Emina schnell ein Lager aus Strohballen und Pferdedecken bereiteten und sie bequem darauf betteten.

Die Wehen bestürmten Emina in Minutenabständen, während die beiden Frauen ihr die Kleider vom Körper streiften. Emina wollte nur noch pressen.

»Die Hebamme erreiche ich nicht, und der Krankenwagen braucht mindestens eine halbe Stunde«, sagte Heidi und legte ihr Handy wieder weg. »Aber wir kriegen das auch allein hin. Ich bin schließlich Heilpraktikerin.«

»Für Tiere«, sagte Anna-Lisa und stellte sich hinter die stöhnende Emina, um ihren Rücken zu stützen.

»Das ist doch egal«, murmelte Heidi, während sie Emina untersuchte. »Oder meinen Sie, Schafe und Lamas kriegen ihre Babys anders? Ich glaube, das geht hier gleich los. Ich setze schnell einen Topf heißes Wasser auf.«

Anna-Lisa schickte ein Stoßgebet zum Himmel. Sie versprach, nie wieder etwas Schlechtes zu tun in ihrem Leben, wenn nur diese Geburt hier gutgehen würde. Sie würde auf alles Hab und Gut der Welt verzichten, wenn der liebe Gott ihnen heute half, dieses Kindchen gesund auf die Welt zu bringen. Sie würde sogar ihrer Schwägerin alles verzeihen, was sie ihr angetan hatte, betete Anna-Lisa und stöhnte ebenso laut auf wie die Gebärende. Dann strich sie ihr über den Rücken und atmete mit ihr zusammen, bis die nächste Presswehe Emina aufschreien ließ.

# Der Stern

Der Himmel färbte sich für einen Augenblick rostrot ein, ehe die Dämmerung heraufzog und es sehr schnell dunkel wurde. Die kürzesten Tage des Jahres läuteten ihre langen Nächte ein. Einen Augenblick später wurden die Straßenlampen angeschaltet, und die Zwischenzeit zwischen Licht und Dunkelheit sank weg in das einförmige Grau-Gelb der abendlichen Stadtbeleuchtung.

Jasper trat vom Fenster zurück und sah unschlüssig zur Tür. Renate Griese hatte es sich in einem der Schwinger bequem gemacht und schien ein Nickerchen zu halten. Ihr Kinn war auf die Brust gesunken, ein leises Schnarchen rasselte von Zeit zu Zeit in ihrer Kehle. Der Knoten, zu dem sie ihr graues Haar flüchtig zusammengesteckt hatte, war tief in den Nacken gerutscht.

Jasper überlegte, ob er nach Hamburg zurückfahren sollte. Aber er wollte erst mit Emina sprechen. Nur deshalb hatte er diesen absurden Auftrag kurz vor den Weihnachtsferien angenommen.

Dr. Breckner kam zurück ins Besprechungszimmer und ließ die Tür hinter sich offen stehen. Seine Mitarbeiterin war inzwischen heimgegangen. Sie waren die Letzten in der Anwaltskanzlei.

»Tut mir ausgesprochen leid«, sagte Breckner. »Ich kann meine Mandantin nicht erreichen. Bei ihr zu Hause ist man jetzt auch beunruhigt, denn die alte Dame ist um vierzehn Uhr losgefahren und hat sich bisher nirgendwo gemeldet. Ihr Sohn will die Strecke jetzt abfahren und sehen, ob irgendetwas passiert ist. Was machen wir drei Hübschen nun? Darf ich Sie zu einem Glas Bier einladen?«

Jasper sah unschlüssig auf Renate Griese, die mit einem kurzen Schnappen erwachte und von einem zum anderen sah.

»Entschuldigung. Ich bin wohl eingenickt. Ich habe die ganze Nacht kein Auge zugetan.«

»Das macht doch nichts«, sagte Breckner freundlich. »Nun, wie wäre es mit einem Glas Punsch oder Bier zur Feier des Tages? Ich denke, unseren Termin müssen wir wohl auf das neue Jahr verschieben.«

»Ich habe Durst«, stellte Renate fest und erhob sich aus dem Sessel. »Kann ich wohl ein Glas Wasser bekommen?«

»Sehr gern. Aber ich schlage vor, wir gehen lieber schnell die paar Schritte von hier ins ›Hotel am Markt‹. Sie sind natürlich meine Gäste.«

Sie zogen ihre Mäntel an und schlugen die Kragen

hoch, denn der Schnee wurde von eiskalten Windböen unangenehm ins Gesicht getrieben. Letzte Einkäufer hetzten über den dunklen Marktplatz, auf dem noch zwei, drei Buden geöffnet waren, um ihre Weihnachtswaren an den Mann und an die Frau zu bringen: Strickhandschuhe, geröstete Kastanien, Zuckermandeln, Räucherfisch und belegte Brötchen. Dr. Breckner lotste seine Gäste die Stufen hoch in ein altehrwürdiges Gasthaus, über dessen prächtig geschnitzter, geteilter Holztür eine große goldene Uhr die frühe Abendstunde anzeigte. Ein Krankenwagen fuhr nicht weit entfernt von ihnen mit Blaulicht ins Krankenhaus, das hinter dem Marktplatz im ehemaligen Hospiz untergebracht war. Das Martinshorn verstummte, noch ehe die drei das Gastzimmer betreten hatten.

Wohlige Wärme schlug ihnen entgegen. Die gescheuerten Holztische waren alle besetzt, Feierabendstimmung lag in der Luft, und eine dezente, weihnachtliche Dekoration weckte die Vorfreude auf die unmittelbar bevorstehenden Feiertage. Im Hintergrund lief ein Radiosender, der zwischen barocken Streicherklängen und Weihnachtschören von Zeit zu Zeit Verkehrs- und Wettermeldungen durchgab. Sie setzten sich an den Tresen und bestellten Glühwein mit Schuss. Renate Griese bat um eine alkoholfreie Version, sie müsse noch eine ganze Strecke mit dem Auto fahren.

»Und Sie, Herr Kollege«, fragte Breckner Jasper, »fahren Sie heute noch mit dem Zug zurück nach Hamburg?«

Jasper nickte. »Später, ja.«

»Ihre Familie erwartet Sie sicher schon«, meinte Breckner und gab gleich eine zweite Runde in Auftrag, als die Gläser vor sie hingestellt wurden.

Jasper lauschte auf die Radioansage und vernahm mit Schrecken, dass sich vor dem Elbtunnel in Richtung Süden ein vierzehn Kilometer langer Stau gebildet hatte. Zum Glück hatte er seinen Wagen in Hamburg stehen lassen. Und zum Glück musste er auch morgen nicht zu seinen Eltern nach Rotenburg fahren, wie er es sein Leben lang getan hatte. Anett, seine Schwester, hatte sich zum ersten Mal durchgesetzt und darauf bestanden, die Weihnachtsfeier für die ganze Familie bei sich in Hamburg auszurichten. In den letzten Jahren war nur Emina gern nach Rotenburg gefahren. Sie kannte diese Art familiärer Weihnachtsfeiern nicht, hatte sich immer darauf gefreut, mit Anett und ihrer Familie zusammen zu feiern und die immer gleichen Abläufe genossen, die Mutter alljährlich aufs Neue mit ihrer unerträglichen Zwanghaftigkeit inszenierte. Das Theater begann am Heiligen Abend mit einem ausgiebigen Kaffeetrinken um fünfzehn Uhr, zu dem alle vier Lichter des Adventskranzes angezündet wurden, nicht jedoch die Lichter des Weihnachtsbaums, der im Nebenzimmer fertig geschmückt bereitstand. Regelmäßig zu spät tauchte seine Schwester mit Mann und den drei schlecht erzogenen Kindern auf, die die Rosinen aus Mutters gutem Stollen pickten und sich damit bewarfen, wofür niemand sie zu tadeln wagte, um die Stimmung nicht zu verderben. Wenn das erledigt war, wurde Urgroßmutter aus dem Seniorenheim geholt und mit ihrem Rollstuhl an den Tisch gesetzt. Sie erkannte niemanden mehr, bestand aber immer noch darauf, dass Mutter allen von ihrem alten, selbstgemachten Schlehenlikör einschenkte – auch den Kindern –, der inzwischen so bitter war, dass es einem die Zunge aufrollte. Gegen achtzehn Uhr verschwand Mutter mit dem Geschirr in der Küche und schickte Vater ins Nebenzimmer, um die Kerzen am Weihnachtsbaum anzuzünden. Da eigener Gesang in der Familie verpönt war, hatte Vater sich im Laufe der Jahre eine beachtliche Sammlung mit Weihnachts-CDs zugelegt – eine schlimmer als die andere: Von den Wiener Sängerknaben, den Fischer-Chören und den Regensburger Domspatzen bis hin zu Helene Fischer und Robby Williams war alles vertreten.

Als er und seine Schwester noch Kinder waren, waren das liebe Rituale gewesen. Voller Spannung hatten die Kinder auf das Läuten des Weihnachtsglöckchens aus dem Esszimmer gelauscht. Aber diese Zeiten waren ein für alle Mal vorbei. Die Kinder von heute ließen sich von solchem Mumpitz nicht mehr beeindrucken. Zumindest seine drei Neffen nicht. Sie waren nun zwischen sechs und dreizehn Jahre alt und wirklich überhaupt nicht romantisch veranlagt. Sie warteten am Heiligen Abend einzig und allein auf ihre Geschenke, die in der Regel aus den neuesten technischen Geräten bestanden und sofort ausprobiert wurden. Im letzten Jahr hatten sie sich alle drei gleich nach der Bescherung die Ohren zugestöpselt und den Rest des Abends über auf ihren Smartphones herumgewischt. Eltern, Onkel und Tanten, Großeltern und Urgroßmutter waren quasi nicht mehr existent gewesen. Der festlich erleuchtete Weihnachtsbaum – echte Bienenwachskerzen! – war ihnen keines Blickes wert gewesen. Also hatten Jasper und Emina sich bemüßigt gefühlt, so gut es ging etwas kindliche Freude und Überraschung zu mimen, damit das Fest nicht entgleiste.

Dieses Jahr hatte Jasper gehofft, wegen Eminas fortgeschrittener Schwangerschaft einen guten Grund zu haben, zu Hause bleiben zu können. Er hatte sich fest vorgenommen, fortan den Heiligen Abend nur noch allein mit seiner eigenen Familie zu feiern. Aber mit der eigenen Familie wurde es ja nun nichts. In einem schwachen Moment und einem akuten Anfall von Einsamkeit hatte er vorgestern Anett zugesagt, das Weihnachtsfest wie üblich im Kreis der Familie – also dieses Jahr bei ihnen – zu verbringen.

Und dann war der Anruf von Renate Griese gekommen, und nun saß er hier in der Kreisstadt, war so gut wie eingeschneit und musste sich eingestehen, dass er eigentlich nur aus dem einen, einzigen Wunsch hierhergekommen war: um in Eminas Nähe zu sein, sie wiederzusehen und sein Ohr wieder auf ihren Bauch pressen zu können, in dem das Baby strampelte und herumkugelte. Ihm war zum Heulen elend bei dem Gedanken, ohne sie wieder heimfahren zu müssen.

»Ich muss jetzt heim, das Pferd versorgen«, sagte Renate Griese und unterbrach damit Dr. Breckners Erinnerungsflut an die schönen Kindheitstage in Lechnow. Sie trank ihr zweites Punschglas leer. »Wollen Sie nun mitkommen nach Lechnow?«, wandte sie sich an Jasper. »Ich kann Ihnen aber nicht sagen, wo Sie Ihre Freundin finden. Ich habe keine Ahnung, wo sie wohnt.«

Dr. Breckners Handy klingelte, er wandte sich ab, um den Anruf entgegenzunehmen.

»Sie ist mit ihrem Wagen da, der muss ja irgendwo herumstehen. Ich werde sie schon finden.«

»Ihren Wagen habe ich in den letzten Tagen gar nicht gesehen«, sagte Renate und schien noch etwas sagen zu wollen, verkniff es sich jedoch. »Sind Sie eigentlich sicher, dass Sie nicht doch der Vater des Kindes sind?«

»Wie kommen Sie denn darauf?« Jasper presste seine Lippen aufeinander. »Zufälligerweise bin ich mir da extrem sicher.«

»Aha. Haben Sie das auch aus diesem Wikinger…?«

»Wikipedia? Nein, das ist doch nur ein Internet-Lexikon. Dass ich nicht der Vater sein kann, weiß ich, weil ich Eminas fruchtbare Tage kenne. Wir haben schon lange versucht, ein Kind zusammen zu zeugen. Ihre Temperaturtabelle hängt im Badezimmer. Zur Zeit der Empfängnis war ich gar nicht zu Hause. Und Emina hat einen Ausflug gemacht, hierher, diese Gegend. Hier wohnt der richtige Vater, wenn Sie es unbedingt wissen wollen.«

»Der Christoph also«, sagte Renate.

»Wer?«, fragte Jasper scharf.

»Was geht mich das an? Um den brauchen Sie sich jedenfalls keine Sorgen zu machen. Der ist in festen Händen.«

Jasper sah finster auf den Tresen. Irgendwie fiel ihm bei den Worten ein Stein vom Herzen. Christoph hieß er also – und war in festen Händen. Er biss sich auf die Unterlippe, bis es weh tat. Na warte, Bursche, wenn ich dich treffe! Nach außen hin dachte er nicht im Traum daran, zu zeigen, wie erleichtert er war. Sonst würde Emina womöglich meinen, dass er ihr schon verziehen hätte und sie einfach so weitermachen könnten wie zuvor. Der andere war vergeben, also konnte er, die Null, der Nicht-Erzeuger, die Vaterrolle doch noch übernehmen, oder was? Nein, so einfach würden sie aus der Sache nicht wieder herauskommen. Nicht mit ihm.

Dr. Breckner rutschte vom Barhocker, schob sein Handy zusammen und baute sich vor seinen Gästen auf. »Also meine Herrschaften, nun kennen wir des Rätsels Lösung. Frau Griese, Ihre Schwägerin …«, er wandte sich an Renate und machte eine kunstvolle Spannungspause, »sie wurde auf der Straße durch eine Geburt aufgehalten.«

»Wie bitte?«

»Eine sogenannte Sturzgeburt«, ergänzte der Anwalt und strich mit dem Zeigefinger über seine Oberlippe. Er hatte das dramaturgische Feingefühl eines Theatermimen und zögerte nicht, es auszuspielen. »Eine junge Dame aus Hamburg hat es vorgezogen, ihr Kind in einem Lamastall in der Bullenheide auf die Welt zu bringen statt in einem Krankenhaus. Und als Geburtshelferin wurde meine Mandantin auserkoren, die die Gebärende im Straßengraben in ihrem Kleinwagen vorfand, als sie sich kurz hinter Lechnow auf dem Weg zu unserer Verabredung befand.«

»In Heidis Lamastall?«, fragte Renate.

»Emina«, stieß Jasper aufgeregt aus. »Wo ist sie? Was ist passiert?«

»Nun passiert ist das, was in solchen Fällen meistens zu passieren pflegt«, meinte der Anwalt. »Ein Kind wurde geboren, in einer Krippe zwischen zwei staunenden Lamas, nehme ich an. Mutter und Kind sind wohlauf und vor kurzem zusammen mit der Hebamme ihrer Wahl hier ins Kreiskrankenhaus gebracht worden. Von dort hat Frau Griese mich soeben angerufen.«

»Kreiskrankenhaus?«, rief Jasper. »Wie komme ich da hin? Können Sie mich da bitte hinfahren?«, fragte er Renate.

»Ich? Ich betrete keinen Raum, in dem sich meine Schwägerin befindet. Nicht mal dasselbe Gebäude, wenn es sich verhindern lässt.«

»Nun, Sie wären natürlich in Begleitung Ihres Anwalts in einer geschützten Situation«, sagte Dr. Breckner und zwinkerte Japser zu. »Darf ich fragen, ob Sie in einem engeren Verhältnis zu der glücklichen Mutter stehen?«

»Er ist der glückliche Vater«, sagte Renate und stieß Jasper einen Ellbogen so unvermittelt in die Seite, dass dieser zusammenknickte wie ein Taschenmesser.

»Ach du liebes bisschen«, sagte Breckner und winkte den Wirt herbei, seine Brieftasche in der Hand. Er warf einen passenden Schein auf den Tresen und half Renate Griese in die schmuddelige Wetterjacke. Jasper stand schon an der Tür.

»Ich bringe Sie natürlich hin. So ein Weihnachtskind muss man sich doch ansehen. Kommen Sie, mein Wagen steht gleich da drüben auf der anderen Seite des Marktes. Zu Fuß wären wir zwar genauso schnell in der Klinik, aber lange nicht so bequem.«

Sybille ließ ihr Buch in den Schoß rutschen und spähte nach dem Telefon, ehe das Klingeln Christoph aufwecken konnte, der sich für einen Augenblick hingelegt hatte. Aber der Apparat stand nicht neben ihr in der Basisstation. Mit den Augen suchte sie das Wohnzimmer ab, das sich in der schwarzen Scheibe der Terrassentür spiegelte. Die Kanne auf dem Couchtisch, wo sie nach dem späten Mittagessen ihren Tee getrunken hatten, der Teller mit den selbstgebackenen Weihnachtsplätzchen, die ihnen in Hülle und Fülle von dankbaren Gemeindemitgliedern vorbeigebracht oder Christoph nach dem Gottesdienst in die Tasche geschoben wurden, die schwarze chinesische Dose mit dem Kandiszucker, das silberne Sahnekännchen – es war alles dort noch einmal zu finden wie in einem blanken Spiegel. Und sie selbst dazu, in ihrem Rollstuhl, handbetrieben, solange Hände und Arme es noch schafften. In ihrem hübschen dunkelroten Mohairpullover, die weiße Hemdbluse darunter, die nutzlosen Beine in den zu weiten Cordhosen mit einer leichten Wolldecke bedeckt. Dazu ihr Ausdruck von Erschrecken im Gesicht: Wer mochte jetzt anrufen am Weihnachtsvorabend, wo endlich alles erledigt war, die Einkäufe und Besorgungen, die Geschenke verpackt, der Baum draußen im Ständer, die Weihnachtsgrüße verschickt? Und wo um Himmels willen war das Telefon?

Sie hörte Christoph in seinem Zimmer sich von seiner Couch erheben, die Decke zusammenfalten, ordentlich, wie er immer war. In die Schlappen steigen, sich strecken und gähnen, und dann kam er ins Wohnzimmer, erschien in der Tür.

Da entdeckte sie endlich den Telefonapparat unter der zusammengelegten Tageszeitung auf dem Beistelltisch, war mit zwei Rollstößen dort und drückte auf die grüne Taste.

»Sophie, Schwesterherz, was gibt es?« Sybille lächelte Christoph zu und formte einen Kussmund für ihn, während sie zuhörte, was ihre Schwester ihr ins Ohr sagte. Dabei wurden ihre Augen immer größer. »Nein«, sagte sie staunend. »Ehrlich? In Heidis Stall? Bei den Lamas …« Sie lauschte wieder und starrte auf das Buch in ihrem Schoß: Dostojewski, »Der Traum eines lächerlichen Menschen«. Sie hatte gerade darin gelesen, auf der Suche nach einer passenden Beschreibung für ihre amour fou für ihren Mann – und sich festgelesen in der seltsamen Geschichte einer Liebe auf den ersten Blick zwischen einem schwärmerischen jungen Mann und einer

Frau auf der Straße. Eine solch spontane Verliebtheit hatte sie nie kennengelernt. Sie hatte Christoph schon als Jugendlichen gekannt. Sie hatte ihn immer gemocht, das schon, aber verliebt – nein, in ihn verliebt hatte sie sich erst ganz langsam, mit der Zeit und dann immer mehr. Ihre Liebe war gewachsen wie ein Baum, sie hatte tiefe Wurzeln und konnte sich darum immer weiter ausbreiten und jede Menge ertragen, wie zum Beispiel ihre Erkrankung, die über sie herfiel, als sie Anfang dreißig war.

Ihr Blick glitt hoch zu Christoph, der in der Tür lehnte, sich mit beiden Armen reckend und abstützend. Sein Blick ruhte auf ihr. Er hörte zu, was sie ihrer Schwester antwortete.

»Ja, natürlich habe ich sie bei dir kennengelernt. Ich weiß genau, wer Emina ist, wir haben doch noch zusammen telefoniert. Sie hat hier angerufen, gestern, ich glaube, es war gestern – Schatz?«, rief sie leise, an Christoph gewandt. »Habe ich dir nicht gestern von der Frau erzählt, die für dich angerufen hat? Du kanntest sie gar nicht. Stell dir vor, sie hat ihr Baby bekommen, mitten im Schneesturm in Heidis Lamastall!«

Christoph starrte sie an, geistesabwesend. Sybille lauschte in den Hörer, dann richtete sie sich wieder an ihren Mann: »Wollen wir hinfahren, Schatz? Stell dir vor, eine Geburt wie in der Weihnachtsnacht! Mutter und Sohn sind jetzt im Kreiskrankenhaus. Sophie fährt auch hin. Alle fahren hin.«

Christoph schüttelte heftig den Kopf und lief quer durchs Zimmer zur Terrassentür, lehnte sich mit der Stirn an die Scheibe.

»Nein, Sophie«, sagte Sybille. »Christoph will nicht. Er hat sehr anstrengende Tage hinter sich und noch anstrengendere vor sich. Genau, und bei dem Wetter, bei dem vielen Schnee – lassen wir es lieber. Aber es ist eine bezaubernde Geschichte. Du, wenn ihr hinfahrt, sagt ganz liebe Grüße von mir und alles, alles Gute für die Mutter. Wer ist denn wohl der Vater – oder hat der sich davongemacht?«

Christoph ging langsam aus dem Zimmer.

»Ach so, aus Hamburg, ja, ja – sie hat sich wohl verkalkuliert mit dem Termin. Beim ersten Kind weiß man es ja auch alles noch nicht richtig. Und ausgerechnet Anna-Lisa mittendrin – ich glaub es nicht! Du, das muss ich gleich Steffi und Robert erzählen! Wir sehen uns morgen in der Kirche, klar, um siebzehn Uhr. Ich freue mich schon! Danke, euch auch, und danke, dass du mir Bescheid gesagt hast! Unsere kleine Weihnacht auf dem Lande …«

Sybille unterbrach die Verbindung und legte das Telefon auf den Couchtisch. »Christoph? Sag mal, ist das nicht eine zauberhafte Geschichte? Wo bist du denn?«

Aber Christoph hatte die Wohnung offenbar verlassen, und Sybille rollte rasch zurück zum Telefon, um die gute Nachricht weiterzuverbreiten.

Die Tür des Krankenzimmers öffnete sich ganz langsam, bis der kleine, blonde Schopf von Sonja hindurchpasste. Sie schaute ängstlich ins Zimmer, musterte erst Emina, die gegen ein dickes Kissen gelehnt auf dem Bett lag, dann Anna-Lisa, die neben dem Bett auf einem Stuhl saß und sich von den Strapazen der letzten Stunden ausruhte.

»Omimi!«, rief Sonja und warf die Hand vor den Mund. »Leise, leise, ich weiß ja. Wo ist es denn?«

Sie tapste auf Zehenspitzen ins Zimmer. Hinter ihr her kam Rosa, gefolgt von Tanja, ihrer Mutter, und Horst-Jürgen, der eine große Reisetasche über der Schulter trug, und am Ende Jurek, dem das Ganze unheimlich peinlich war. Er entdeckte als Erster den viereckigen Glaskasten auf Rädern, der am Fußende des Bettes stand. Scheu warf er einen Blick auf das Baby. Er konnte sich noch gut daran erinnern, wie vor fünf Jahren Sonja geboren wurde. Sie hatte auch hier in diesem Krankenhaus in so einem Kasten gelegen und so entsetzlich hässlich ausgesehen, dass er sich richtig erschrocken hatte. Sie hatte ein rotes Gesichtchen gehabt, gar keine Haare, und die Augen waren ganz zugeschwollen gewesen. Im ersten Augenblick hatte er gedacht, sie sei schwerkrank. Nach ein paar Tagen waren die Schwellungen zurückgegangen, aber es hatte ziemlich lange gedauert, bis Sonja wie ein normales Baby ausgesehen hatte, wie Jurek sie von Freunden und Bekannten kannte.

Dieses Baby sah kaum anders aus. Nur war es nicht so rot im Gesicht und hatte ziemlich lange schwarze Haare. Es schlief, und seine Augen waren auch noch zugeschwollen und nur schmale, tiefe Schlitze. Sein Kopf war riesengroß, die Stirn gewölbt und etwas vorstehend, und der kleine Körper, der sich unter der dünnen Decke abzeichnete, war erschreckend klein und mager. Dass man so hilflos auf die Welt kam! Winzig kleine Fingerchen lagen zu Fäusten geballt auf der Decke. Jurek musste lächeln und wandte sich rasch ab.

Hinter ihm schauten Tanja, Sonja und Rosa auf das Baby, stießen leise begeisterte Laute der Rührung aus und zeigten sich gegenseitig die Details. »Dieses Näschen …« – »Die Haare!« – »Die Fäuste …« – »Schau nur, der kleine Mund …« – »Jetzt wacht er gleich auf, leise, leise«, sagte Tanja, aber da gähnte der Säugling schon, öffnete aber nicht die Augen.

»Der ist müde, der hat was hinter sich«, sagte Anna-Lisa, die vom Bett aus zuschaute. »Ich kann euch sagen, das war vielleicht ein Abenteuer.« Sie tätschelte Eminas Hände, die matt auf der Bettdecke ruhten. Emina lächelte müde. »Und für uns erst, was, Emina? Eine Sturzgeburt – also, ich war ja nun wirklich bei einigen Geburten dabei, die meiner eigenen Kinder eingeschlossen, aber so etwas Eiliges wie den kleinen Burschen, das habe ich noch nicht erlebt. Ich glaube, der kann damit ins ›Guinnessbuch der Rekorde‹ kommen. Eine Stunde, fünfundvierzig Minuten, nicht wahr, Emina?«

Emina nickte. »Kommt drauf an, ab wann man rechnet. Ich bin um zwei in Lechnow losgefahren, etwa um halb drei Uhr hast du mich gefunden …«

Anna-Lisa nickte. »Das kommt hin. Und um Viertel nach vier Uhr war Henri auf der Welt.«

»Henri heißt er?«, rief Sonja. »Hallo, Henri, willst du jetzt gern aufwachen?«

Tanja zog ihre Jüngste von der Wiege weg und setzte sich mit ihr ans Fußende des Bettes.

»Und ihr habt das wirklich ganz allein geschafft?«

»Zum Abnabeln war schon die Notärztin da«, sagte Emina. »Der Krankenwagen kam gerade, als wir überlegten, wie wir die Nabelschnur durchschneiden sollen, ohne sterile Instrumente. Heidi hatte heißes Wasser aufgesetzt, aber ihre alten Kartoffelschälmesser waren alle so stumpf.«

»O Gott.« Horst-Jürgen, der bisher noch gar nichts gesagt hatte, setzte die Reisetasche ab und hielt sich eine Hand vor den Mund.

»Ja, ja, das starke Geschlecht«, sagte Anna-Lisa und stand ächzend von ihrem Stuhl auf. »Hier setz dich hin, mein Sohn. Sonst fällst du uns noch um.«

»Nein, danke, ich geh mal raus.« Horst-Jürgen verließ das Krankenzimmer. Jurek sah ihm verächtlich nach.

»Also der Notarzt kam doch noch rechtzeitig?«, nahm Tanja den Faden wieder auf.

»Zum Abnabeln, ja«, sagte Anna-Lisa. »Aber die Geburt haben wir ganz allein hingekriegt. Ging eigentlich ganz glatt – schwuppdiwupp, schon war er da. Mit der Nachgeburt war es dann schon schwieriger.«

»Aber da waren wir schon im Krankenhaus«, sagte Emina schnell.

»Nachgeburt? Was ist das denn?«, fragte Rosa ängstlich.

»Das erkläre ich euch später in Ruhe«, sagte Tanja schnell und zog auch Rosa zu sich heran. Sie wagte nicht zu fragen, ob etwas genäht werden musste, um die Kinder nicht noch mehr zu erschrecken. »Hauptsache, Baby und Mutter sind wohlauf. Dann ist es im letzten Augenblick ja noch alles gutgegangen.«

»Ja, aber wenn Anna-Lisa mich nicht gefunden hätte – dann wäre es wohl nicht so gutgegangen«, sagte Emina und drückte Anna-Lisas Hände. »Sie hat uns beiden das Leben gerettet.«

Anna-Lisa winkte ab. »Ach wo, ihr wärt auch allein irgendwie klargekommen. Sonst hätte halt irgendein anderes Auto angehalten.« Und dann erzählte sie, wie sie die Hochschwangere in ihrem Auto in der Schneewehe gefunden hatte.

Die Mädchen hielten sich die Hände vor den Mund, um nicht vor Aufregung zu laut zu werden, und die kleine Sonja fing an, etwas zu weinen. Emina sah auf Anna-Lisa, die mit glühenden Wangen erzählte.

»Und Heidi?«, fragte Tanja. »Wo ist sie jetzt?«

»Bei ihren Lamas. Die waren natürlich sehr unruhig von all der Aufregung und den vielen Leuten in ihrem Stall. Sie wollte noch unsere Wagen wegfahren, die mussten wir ja am Straßenrand stehen lassen.«

»Da ist alles in Ordnung«, sagte Tanja. »Wir sind ja dran vorbeigefahren. Omas Auto steht auf dem Feldweg, und der Smart steckt immer noch in der Schneewehe, ist schon bald nicht mehr zu sehen. Ich glaube, wir fahren jetzt besser alle nach Hause. Die Kinder müssen ins Bett. Kommst du mit, Mutter, oder willst du hierbleiben? Wir haben für dich Nachtsachen und ein paar frische Kleider mitgebracht.«

»Aber nein. Ich fahre jetzt mit euch heim.«

Die Tür öffnete sich, und Horst-Jürgen kam zurück ins Zimmer, gefolgt von einer Krankenschwester, die ein Tablett mit kleinen Plastikbechern und anderen Utensilien trug. Hinter ihr tauchten die Köpfe von Jasper, Renate und Dr. Breckner auf.

»Guten Abend und meine herzlichsten Glückwünsche«, tönte Dr. Breckner und drückte der überraschten Emina die Hand. Dann begrüßte er auch alle anderen mit Handschlag und beglückwünschte sie.

Anna-Lisa ließ ihn willenlos ihre Hand schütteln und starrte auf ihre Schwägerin, die zusammen mit Jasper an die Wiege trat und den Säugling betrachtete. Jasper lächelte mit Tränen der Rührung in den Augen. Er tastete vorsichtig über das Köpfchen des Babys, als wolle er fühlen, ob es auch wirklich echt war, ohne zu wagen, es richtig zu berühren. Seine Hand zitterte, und er presste sie anschließend auf seinen Mund. Dann beugte er sich herunter, um das Kind ganz aus der Nähe zu studieren.

Renate beobachtete ihn mit nachsichtiger Miene. Männer waren ja so viel sentimentaler als Frauen, wenn es um Leben und Tod ging. Das lag wohl in der Natur der Sache. Frauen waren diesen Dingen einfach immer schon viel näher gewesen. Sie warf nur einen kurzen Blick auf den Säugling. Er schien gesund und kräftig zu sein, das war das Wichtigste. Dann hob sie den Kopf, und ihr Blick kreuzte den ihrer Schwägerin.

»Guten Abend, Renate«, flüsterte Anna-Lisa. Ihre Lippen formten die Worte, verstehen konnte man in dem Stimmengewirr gar nichts. Die Tür ging immer wieder auf und zu. Sophie trat mit ihrem Mann Jochen und ihren Kindern ins Zimmer, hinter ihr in der Tür stand Jupp, der Wirt vom »Goldenen Anker«, mit Babette, seiner Kellnerin. Und es sah aus, als ob auf dem Flur noch mehr Leute warteten, um das kleine Weihnachtskind zu sehen, das es mitten in Eis und Schnee geschafft hatte, wie sein biblisches Vorbild in einer Krippe auf die Welt zu kommen. Noch dazu nur ein paar Stunden vor dem Heiligen Abend. War vielleicht auch ein Stern aufgegangen und hatte die Leute zusammengerufen? Oder es waren ihnen Engel erschienen, die von der guten Botschaft erzählten?

Anna-Lisa war zu wenig religiös, um an solche Geschichten zu glauben. Die Nachricht hatte sich vermutlich wie alle wichtigen Dinge per Mundpropaganda im Dorf verbreitet, ganz modern per Telefon und SMS. Sie schob ihren Sohn und ihre Enkelin Rosa beiseite und bahnte sich einen Weg zu Renate, die noch immer hinter Jasper an der Wiege stand. Jasper hatte sich wieder aufgerichtet, er ging jetzt um das Bett herum zu Emina und nahm sie wortlos in die Arme.

Anna-Lisa warf einen Blick auf den Säugling, der wieder tief und fest schlief. Er lächelte ein ganz klein wenig, konnte man meinen. Aber lächeln konnten Menschenkinder in diesem Alter eigentlich noch nicht, das wusste sie ganz genau. Sie sah auf und reichte ihrer Schwägerin die Hand. »Entschuldige«, sagte sie leise. »Für alles, was ich dir angetan habe.«

Renate ergriff ihre Hand und sah Anna-Lisa an. In ihren Augen spiegelte sich ängstliche Überraschung.

»Lass uns alles vergessen, was in letzter Zeit passiert ist«, sagte Anna-Lisa. »Ich bitte dich um Verzeihung. Und ich will dir auch alles verzeihen. Lass uns noch einmal von vorne anfangen.«

»Das ist zwar meiner Meinung nach grundsätzlich nicht möglich«, sagte Renate, nachdem sie sich gefangen hatte. »Aber darum kann man es ja trotzdem mal versuchen.«

Christoph war ohne Jacke und Mütze aus dem Haus gelaufen und ins Auto gesprungen. Der Wind pfiff durch seinen Pullover, als er aussteigen musste, um die Scheiben vom Schnee zu reinigen. Auch vor den Rädern seines Wagens hatte sich viel Schnee angesammelt, er schaufelte ihn mit den Händen weg, ohne sich darum zu kümmern, dass seine Finger eiskalt und Pullover und Jeans durchnässt wurden. Er spürte weder Kälte noch Feuchtigkeit, er wollte nur fort, hin zu dem Kind. Zu seinem Kind.

Er ließ Scheibenwischer und Lüftung auf Hochtouren laufen, aber seine Atemluft gefror an der Scheibe, und die Räder drehten durch in den gefrorenen Schneelöchern, in denen der Wagen seit dem späten Nachmittag eingesunken war. Es war einfach kein Loskommen möglich. Als er den Motor wieder ausstellte und die Lichter löschte, war die Nacht um ihn herum tiefschwarz, und außer dem Pfeifen des Windes war es totenstill um ihn herum.

Er blieb so lange hinter dem Steuer sitzen, bis er vor Kälte zu zittern begann. Dann stapfte er in den Holzstadel und lud sich ein paar Scheite Kaminholz auf die Arme. Sybille hatte es gern warm am Abend. Das Kaminfeuer war wie ein Stück Leben, sagte sie immer. Bewegt und voller Unruhe und Wärme. Wie ein Menschenleben. Und mehr gab es nun mal nicht.

# An der Krippe

Der Morgen des 24. Dezembers begann mit strahlend blauem Himmel. Die schneebedeckten Felder glitzerten in der Sonne, und die Zweige der Bäume und Büsche trugen weiße Pelze, die Zaunpfosten hohe weiße Mützen. Kein Lüftchen wehte, um die verzauberte Landschaft zu zerstören. Die Schneewolken waren weitergezogen in Richtung Süden, und das Thermometer war noch einmal um fast zehn Grad gefallen. In der Nacht hatte es mit minus zwanzig Grad gefroren.

Nach dem Frühstück bugsierte Christoph mit der Hilfe seines Nachbarn Jochen den Tannenbaum von der Terrasse ins Wohnzimmer, wo er sofort zu duften anfing. Sybille hatte den Baumschmuck auf der Couchgarnitur ausgebreitet und reichte ihm Stück für Stück, damit er sie an die von ihr ausgesuchten Plätze in die Zweige hängte. Oben auf die Spitze der Tanne, gefährlich nah unter der Decke, wurde der große, goldene Stern angebracht. Irgendwie verlor sich das viele Glitzerzeug in der großen, dichten Tanne, aber wenn erst am Abend die Kerzen angezündet werden würden, würde sie sicherlich wunderschön aussehen.

Schade nur, dass sie am Abend allein davor sitzen würden, dachte Sybille, wagte aber nicht, es laut zu sagen, um Christoph das Herz nicht schwerzumachen. Vielleicht sollte sie Renate fragen, ob sie Lust hätte, nach dem Krippenspiel mit zu ihnen zu kommen und zu feiern. Sie war ja am Weihnachtsabend auch immer allein zu Hause, seitdem sie sich mit Anna-Lisa verstritten hatte und ihr Vater gestorben war. Sie würde sie später in der Kirche einfach fragen.

Nach einem schnellen Mittagessen zog Christoph seine dunklen Kleider an und fuhr zur ersten von drei Weihnachtsandachten, bei denen er am Nachmittag musizieren musste – zwei Altersheime und eine kleine Kapelle in einem abgelegenen Kirchdorf am Fluss standen auf seinem Plan. Anschließend würde er sich beeilen müssen, um pünktlich zum Krippenspiel in Lechnow an der Orgel zu sitzen. Und morgen und übermorgen sah sein Programm nicht viel anders aus.

»Fahren wir nach der Kirche zusammen zurück? Wie kommst du überhaupt hin?«, fragte Christoph, während Sybille ihm seine dunkle Krawatte band.

»Jochen holt mich ab. Sophie fährt mit den Kindern schon am frühen Nachmittag hin, die müssen ja noch einmal proben und ihre Kostüme anziehen.«

»Ja, ja, Hochsaison für die gläubige Christenheit«, scherzte Christoph und drückte Sybille zum Abschied einen Kuss auf die Wange. »Bis nachher, mein Schatz.«

Als Sybille und Jochen um halb fünf losfuhren, war es schon ganz dunkel, aber durch den hellen Schnee, auf dem eine zarte Mondsichel ihren silbernen Schein ausbreitete, war es eher heimelig als finster draußen. Auch Jochen freute sich über die weißen Weihnachten. Er hatte für die Kinder neue Schlitten besorgt, die sie gleich am Weihnachtsmorgen ausprobieren konnten.

An der St.-Laurentius-Kirche gab es kaum noch Parkplätze. Jochen stellte sich auf einen der Behindertenparkplätze am Friedhof, denn schließlich transportierte er eine Schwerbehinderte. Nur mit Mühe gelang es ihm, Sybille über den gefrorenen Schnee in die Kirche zu geleiten. Sophie sah sie kommen und eilte ihnen entgegen.

»Es ist jetzt schon brechend voll! Aufregend, nicht wahr? Die Kinder sind ganz aus dem Häuschen!«

Sybille ließ sich erschöpft auf ihrem Platz in der dritten Bankreihe nieder, den die Kinder für sie reserviert hatten. Wie gut es in der Kirche nach Tannengrün roch – gleich links neben dem Altar stand der riesige geschmückte Weihnachtsbaum. Rechts vom Altar war ein braunes Tuch gespannt, eine Art Vorhang, hinter dem sich vermutlich Vorbereitungen für das Krippenspiel befanden. Sie wusste schon von den Kindern, dass sie die ganze Kirche bespielen würden.

»Wir sind überall, sogar auf der Kanzel«, hatte Marie erzählt. »Ich habe schon hinter dem Altar gestanden, und in der Sakristei und oben auf der Orgelempore war ich auch.«

Vor dem Altar waren aus Podesten Stufen aufgebaut, die mit grauen Tüchern verhängt an eine felsige Landschaft erinnerten. Vielleicht der Ort, an dem die Hirten sich versammelten?

Sybille betrachtete alles genau, während Sophie und Jochen verschwanden, um sich um die Kinder zu kümmern. Sie drehte sich um zur Orgel – aber von Christoph war noch nichts zu sehen. Sicher war er noch unterwegs. Auf jeden Fall würde das Spektakel erst beginnen, wenn er heil eingetroffen war. Ein beruhigendes Gefühl.

Sybille grüßte nickend und winkend die vielen bekannten Gesichter und spuckte Steffen, Tinky und Marie über die Schultern, als sie einmal kurz kamen, um ihre Hirten- und Engelskostüme vorzuführen. Herrlich, wie sich die Kinder über die Verkleidungen freuten! Der Trieb, Theater zu spielen, zu singen und zu phantasieren, gehörte ganz sicher zu den Dingen, die den Menschen eingeboren waren wie das Bedürfnis, zu essen und zu trinken, sich zu lieben und fortzupflanzen.

Sybille schlug das Gesangbuch auf und suchte das erste Weihnachtslied heraus, das auf den Aushängen angekündigt wurde, »Ihr Kinderlein kommet«.

Als der Lärmpegel der total überfüllten Kirche auf seinem Höhepunkt angekommen zu sein schien, setzte endlich die Orgel ein.

Er ist da, dachte Sybille glücklich und drückte den Ellbogen ihrer Schwester, die sich rasch in die Bank quetschte und neben ihr Platz nahm.

»Es geht los. Jochen bleibt stehen, die alte Frau Eisleben hat keinen Platz mehr gefunden.«

Sybille begrüßte die ehemalige Kaufmannsfrau aus Lechnow, die sich neben Sophie in die Bank geschoben hatte, dann wurde es ruhiger und fast ganz still, als der Pfarrer vor den Altar trat, die Hände vor dem Bauch kreuzte und andächtig zur Orgel hinaufsah. Christoph ließ sich Zeit mit seiner Introduktion. Er improvisierte über alle möglichen Weihnachtslieder und endete schließlich bei »Ihr Kinderlein kommet«. Als er in der richtigen Tonart angekommen war, begann die Gemeinde schleppend, aber fröhlich mitzusingen. Feierlich zogen die Kinder in ihren Kostümen aus der Sakristei in die Kirche und nahmen ziemlich geordnet in der ersten Reihe ihre Plätze ein.

Der Pfarrer begrüßte die Weihnachtsgemeinde, sprach eine Menge Dankesworte und Segenswünsche und ein Gebet. Dann nahm er in der ersten Reihe neben den Kindern Platz.

Ein Kind in einem langen Umhang und mit einem schwarzen Hut auf dem Kopf erhob sich und verschwand hinter dem Altar. Es wurde so mucksmäuschenstill, dass man eine Stecknadel auf den Boden fallen gehört hätte. Eine Weile lang passierte gar nichts, dann erschien auf der Kanzel das Gesicht von Rosa unter dem großen schwarzen Schlapphut. Sie warf einen gelassenen Blick über die Menge und fing mit sicherer, ruhiger Stimme an zu lesen:

»Und es begab sich aber zu der Zeit, dass ein Gebot von dem Kaiser Augustus ausging, dass alle Welt geschätzt würde. Und jedermann ging, dass er sich schätzen ließe, ein jeglicher in seine Stadt.« Sybille ließ sich von der altbekannten, aber immer wieder unerhörten Geschichte verzaubern, genau wie alle anderen Zuhörer. Selbst die kleineren Kinder im Publikum hörten gebannt zu.

»Da machte sich auch Josef aus Galiläa, aus der Stadt Nazareth, auf in das jüdische Land zur Stadt Davids, die da heißt Bethlehem, auf dass er sich schätzen ließe, mit Maria, seinem vertrauten Weib, die war schwanger.«

Tock, tock, tock – dröhnte es durch die Kirche, so laut, dass Sybille zusammenfuhr. Sie drehte sich um. Ein paar Bankreihen hinter ihr stand eine mit dunkelbraunen Laken vermummte Gestalt im Gang, die mit ihrem gebogenen Wanderstab gegen eine Kirchenbank klopfte. Ein verkleideter Junge – das konnte Jurek Griese sein – erhob sich am Anfang der Bankreihe und baute sich vor dem Vermummten auf.

»Was wollt ihr, Fremder? Wir kaufen nichts und haben auch nichts zu verschenken.« Jureks Stimme klang heiser vor Aufregung und ziemlich unwirsch.

»Wir suchen ein Zimmer, mein Weib und ich«, sagte der Vermummte. Sybille kannte seine Stimme nicht. Er drehte sich ein bisschen nach hinten und zog eine zweite vermummte Gestalt heran. Es wurde unruhig im Publikum, Sophie fing an zu kichern.

»Das ist Renate Griese!«, flüsterte sie Sybille zu.

Sybille kicherte. Renate hatte man einen unförmigen Bauch umgebunden, so dass sie aussah wie eine wandelnde Wassertonne. »Und wer ist der Josef?«

»Weiß ich nicht«, flüsterte Sophie. »Kenne ich nicht.«

»Mein Weib ist schwanger«, sagte der unbekannte Josef und schob die tonnenförmige Renate vor sich her. »Und wir finden keine Herberge. Könnt Ihr uns helfen?«

»Nein«, rief Jurek herrisch. Ein paar Kinder in der ersten Bankreihe fingen an zu kichern.

Das drollige Pärchen zog weiter zur nächsten Bankreihe, wo sich ebenfalls ein verkleidetes Kind erhob und dem heiligen Paar resolut die Tür wies. Die Stimmung in der Kirche lockerte sich weiter auf. Josef ließ sich immer komischere Einleitungen einfallen.

Tock, tock, tock: »Guten Abend, die Herrschaften, wir kommen aus Galiläa, meine Frau und ich. Wir erwarten ein Baby, aber das Krankenhaus ist überfüllt. Habt ihr vielleicht ein Bett für uns? Sonst muss meine Frau ihr Kind auf der Straße bekommen.«

»Macht nichts«, riefen die Kinder, die sich von Bank zu Bank drängelten, um als erste zur Stelle zu sein und Josef eine möglichst freche Antwort zu geben. Die Gemeinde amüsierte sich. Der Pfarrer war aufgestanden und überwachte vom Altar aus die Entwicklung. Neben ihm hatte sich ein Flötenensemble aufgestellt. Die Flötenlehrerin winkte dem umherziehenden Josef und seiner Maria unauffällig zu, aber die reagierten auf gar nichts und zogen weiter von Bank zu Bank.

»Jasper«, rief jemand. »Jasper, jetzt ist es gut, komm jetzt her zum Stall!«

Endlich machten Josef und Maria kehrt und gingen, gefolgt von der johlenden Kinderschar, zurück zum Altar. Josef war die Vermummung vom Kopf gerutscht und hatte eine blanke Halbglatze freigelegt. Ein kleiner Engel nahm ihn an die Hand und führte ihn hinter den braunen Vorhang. Dann fing das Flötenensemble an, begleitet von zarten Gitarrenakkorden, das nächste Weihnachtslied zu spielen: »Kommet ihr Hirten, ihr Männer und Fraun, kommet das liebliche Kindlein zu schaun.« Die Gemeinde stimmte ein.

Sybille und Sophie nahmen ihre Gesangbücher zur Hand und schlugen das Lied Nummer achtundvierzig auf. Während die Gemeinde sang, stellten sich zwei Engel rechts und links neben dem braunen Vorhang auf und wippten mit ihren Kunstpelz-Heiligenscheinen.

Rosa hatte wieder die Kanzel erklommen und verschaffte sich mit ihrer schönen, klaren Stimme Gehör: »Und als sie zu dem Stall gelangten, kam die Zeit, da Maria gebären sollte. Und sie gebar ihren ersten Sohn und wickelte ihn in Windeln und legte ihn in eine Krippe; denn sie hatten sonst keinen Raum in der Herberge.«

Die Engel zogen am Vorhang, und das braune Leinen rauschte auf den Boden.

Emina erstarrte, als Jasper hinter dem Vorhang hervorkroch und sich vor ihr aufrichtete.

»Ich soll mich hier hinsetzen«, sagte er und quetschte sich neben Emina auf die schmale Bank. »Geht es dem Kleinen gut?«

»Natürlich geht es ihm gut«, sagte Emina.

Vor ihnen in einer Krippe auf Stroh lang ihr Sohn, eingewickelt in eine dicke Decke, so dass nur das kleine Gesichtchen hervorschaute. Er schlief friedlich und verzog nur manchmal kurz das Gesicht, vermutlich träumte er interessante Dinge von seinem ersten Tag auf Erden.

Emina hatte im Krankenhaus hervorragend geschlafen und war erst gegen Morgen von einem leisen Miauen geweckt worden, das sie an ihre alte Katze Minka erinnerte. Minka war schon lange tot. Minka konnte das Geräusch nicht verursachen.

Sie knipste die Lampe an, drehte sich von der Seite auf den Rücken und legte eine Hand über den Leib. Erschrocken fuhr sie hoch. Der Bauch war weg, zumindest der größte Teil davon. Wo war ihr Baby?

Ein stechender Schmerz im Schritt presste sie zurück in die Kissen. Sie atmete ein paar Mal tief in die verspannte Muskulatur und schwang dann vorsichtig die Beine über den Bettrand, um sich aufzurichten. Am Fußende stand das weiße Wägelchen, und darin lag ihr meckerndes Baby. Ihr Sohn! Sie angelte nach ihren Schuhen. Freundlicherweise hatte irgendjemand gestern Abend ihre Tasche ausgepackt und ihr alle nötigen Sachen zurechtgelegt. Sie humpelte zur Wiege und betrachtete das runde Gesichtchen ihres Kindes. Und dann hatte sie ihn zum ersten Mal allein aufgenommen, sich mit ihm hingelegt und versucht, ihm ihre Brust zu geben.

»Hast du ihn schon gestillt?«, fragte Jasper leise, während draußen die Gemeinde in das Weihnachtslied einstimmte.

»Schon? Unser Sohn ist bereits mehr als vierundzwanzig Stunden alt. Was meinst du, was der schon für Hunger hatte.«

»Dein Sohn«, blaffte Jasper, leise aber deutlich.

»Das wollen wir doch hier jetzt wohl nicht ausdiskutieren, oder? Wenn du ihn nicht haben willst, will ich dich da nicht mit reinziehen. Wir kommen auch allein klar, Henri und ich. Du bist uns nichts schuldig. Du bist frei.«

Jasper sah aus wie ein geprügelter Hund und starrte vor sich auf den Boden. Dann beugte er sich wieder über die Krippe und bewunderte das Kind. Er wusste nicht, was er fühlen sollte. Was er fühlte, war tiefste Rührung. Konnte man ein Kind lieben, nur weil man die Mutter liebte? Liebte man ein Kind nur, wenn es das eigene Fleisch und Blut war? Liebte er dieses Kind, weil er sich so darauf gefreut hatte? Oder weil es so klein und hilflos war?

Was für ein Unsinn! Jasper seufzte und nahm Eminas Hand. Emina zuckte zusammen, überließ ihm dann aber ihre Hand.

»Wie kommst du eigentlich hierher?«, flüsterte sie, denn draußen war es wieder leise geworden. Von fern hörte man Rosas ruhige Stimme, die weiter vorlas. »Wolltest du gestern Abend nicht wieder nach Hamburg fahren?«

Jasper schüttelte den Kopf. »Renate hat mich mitgenommen und bei sich schlafen lassen. Die Frau ist klasse. Heute Morgen hat sie dann vergeblich versucht, einen Josef zu finden, aber die Jungs waren alle schon verplant, und von den Vätern hat sich keiner getraut. Da hat sie mich gefragt, ob ich mit ihr zusammen …«

Emina musste lachen und hielt sich den schmerzenden Bauch bei der Vorstellung, wie Jasper und Renate gemeinsam von Bank zu Bank gezogen waren. Sie hatte es hinter dem Vorhang nur hören, nicht sehen können.

»Und wer hat dich hier hinter den Vorhang gesetzt?«, fragte Jasper. »Der Kindsvater oder wer?«

»Du spinnst ja«, meinte Emina. Dann musste sie wieder lachen. »Renate Griese hat mich angerufen und darum gebeten. Wusstest du denn, dass ich hier bin?«

Jasper schüttelte den Kopf. »Nein. Ich dachte, ihr beide wärt noch im Krankenhaus. Und Renate meinte nur, ich solle abwarten, sie würde mich später zu euch bringen.«

»Sie hat Anna-Lisa gebeten, mich abzuholen. Die tauchte am Nachmittag im Krankenhaus auf und hat uns einfach eingeladen. ›Weihnachten soll niemand allein sein‹, hat sie gemeint und ist mit mir zu sich nach Hause gefahren. Und ich war so froh, Heiligabend nicht allein mit unserem Maxe in der Klinik sein zu müssen.«

»Maxe«, wiederholte Jasper leise. »Unser Maxe.«

Emina drückte seine Hand.

Im selben Augenblick rauschte der Vorhang zu Boden, und die ganze Gemeinde starrte auf das heilige Paar und die Krippe. Ein Raunen ging durch die Menge. Man reckte die Köpfe, um besser zu sehen. Ein paar Mädchen juchzten.

»Wer ist das denn?«, wandte sich die Banknachbarin zur Linken an Sybille.

»Das ist unser Weihnachtsbaby aus Lechnow!«

»Und es waren Hirten in derselben Gegend auf dem Felde, die hüteten des Nachts ihre Herde«, fuhr Rosa auf der Kanzel fort. »Und siehe, des Herrn Engel trat zu ihnen, und die Klarheit des Herrn leuchtete um sie; und sie fürchteten sich sehr. Und der Engel sprach zu ihnen: Fürchtet euch nicht! Siehe, ich verkündige euch große Freude, die allem Volk widerfahren wird; denn euch ist heute der Heiland geboren, welcher ist Christus, der Herr, in der Stadt Davids. Und das habt zum Zeichen: Ihr werdet finden das Kind in Windeln gewickelt und in einer Krippe liegen.«

Während die Hirten sich auf dem Podest versammelten, um gemeinsam zur Krippe zu ziehen, traten hinten in der Kirche die Heiligen Drei Könige ihren Marsch aus dem Morgenland an, stolz ihre goldglänzenden Geschenke vor sich her tragend: die kleine Kirche aus Balsaholz und Goldpapier mit dem

Strohstern an der Spitze und viele andere bunt glänzende Pakete. Und hinter ihnen stolzierten, die Köpfe mit den großen, bewimperten Augen mit majestätischer Gelassenheit zur Gemeinde gewandt, drei Lamas, geführt von Heidi im Hirtengewand. Dazu improvisierte Christoph auf der Orgel eine kleine, orientalisch anmutende Flötenmelodie.

Da ertönte aus der Krippe plötzlich ein unwirscher, meckernder Laut, der schnell zu kräftigem Säuglingsgeschrei anschwoll. Im Publikum fing jemand an zu klatschen, andere fielen ein, aber ehe sich ein richtiger Applaus entwickeln konnte, setzte die Orgel ein und begleitete Eminas Versuch, das Baby aus der Krippe zu holen und mit Körperwärme und Schaukeln zur Ruhe zu bringen, mit der Einleitung des nächsten Liedes: »Tochter Zion, freue dich«. Das Babygeschrei ging unter im fröhlichsten Weihnachtsgesang, der in St. Laurentius je zu hören gewesen war. Noch nie hatte die Gemeinde so laut und innig gesungen. Statt wieder einzuschlafen, fühlte sich das Jesuskind dadurch jedoch nur ermutigt, noch lauter zu brüllen, bis Emina schließlich ihre Bluse aufknöpfte und dem Kind die Brust reichte.

Nach der Aufführung wurde so lange und anhaltend applaudiert wie nach einer Opernpremiere. Immer wieder mussten die Kinder vor den Altar treten und sich verbeugen. Sie fassten sich an den Händen, schafften es aber nicht, sich gemeinsam zu verbeugen, sondern klappten hintereinander ein wie ein umfallendes Kartenhaus und amüsierten sich königlich dabei. Schließlich holten sie Emina und Jasper mit dem Baby in ihre Mitte. Und dann lief jemand auf die Orgelempore und kam mit Christoph an der Hand zurück. Zuletzt wurde Renate Griese aus der Bankreihe gezerrt und nach vorne geschoben. Und die Gemeinde klatschte noch immer.

»Ist er das?«, zischte Jasper Emina ins Ohr und wies auf Christoph, der schräg vor ihnen stand. Seine Locken kringelten sich üppig wie Engelshaar über den Kragen seiner Jacke. »Hoffentlich hat unser Sohn auch seine Haar-Gene geerbt.«

Emina drückte ganz lange und fest Jaspers Hand und strahlte ihn an. Dann reichte sie ihm das Baby und fing an, die Kinder zu umarmen, jedes einzelne. Sie freuten sich alle zusammen über die gelungene Aufführung, die ganz bestimmt in die Annalen der Kirche eingehen würde, als einziges Krippenspiel mit einem echten Weihnachtsbaby.

Während Eltern und Kinder die Kirche räumten, versuchte Emina, das Baby so warm wie möglich einzupacken. Sie hatte von allen Seiten Babykleidung geschenkt bekommen, eine Wickeljacke, Strampler, eine weiche, wollige Decke, die bei diesen Temperaturen besonders hilfreich war, eine kleine, weiße Mütze und eine dicke wollene, die sie sogleich über die weiße zog.

»Was hast du jetzt vor?«, fragte Jasper, der neben ihr hantierte, an dem Baby herumzupfte und versuchte, hilfreich zu sein.

»Und was hast du vor?«, fragte Emina zurück. Ihre Stimme klang müde, sie war plötzlich unendlich erschöpft. Sie konnte überhaupt nicht mehr klar denken.

»Ich will nach Hause. Mit euch«, sagte Jasper und drückte Emina an sich. Das Baby lag in der Krippe und fuchtelte mit Armen und Beinen, soweit seine Verpackung es zuließ. Es stieß kleine, zufrieden glucksende Laute aus. »Bitte, lass uns jetzt einfach alle drei nach Hause fahren.«

»Weißt du was?« Emina wand sich aus der Umarmung. »Ich habe noch gar keinen Kindersitz im Auto. Was machen wir nun?«

»Du hältst das Baby fest, und ich fahre. Am besten jetzt sofort. Bevor irgendjemand einen anderen Vorschlag macht.«

»Okay. Wir können hinten durch die Sakristei verschwinden. Da haben sie mich vorhin reingebracht. Komm, mach schnell. Ich bin bei Sybille und bei Sophie zur Weihnachtsfeier eingeladen. Der Wirt hat mich auch zu sich nach Hause eingeladen, und Anna-Lisa hat mich quasi schon bei sich einquartiert. Wenn sie uns finden, kommen wir hier nicht mehr weg.«

»Und in Hamburg warten Anett und meine Familie auf uns.« Jasper hob das Baby an seine Brust. »Aber wir gehen einfach nicht hin. Wir gehen direkt nach Hause, ja?«

»Genau.« Emina hakte sich bei ihm unter. Rasch verließen sie die Kirche durch den Hinterausgang.

Die Gemeinde stand noch lange draußen vor der Tür zusammen, obwohl es wieder angefangen hatte, leise zu schneien, und alle nach Hause wollten zur Bescherung. Man schüttelte sich die Hände und nahm sich in die Arme, wünschte sich ein frohes Fest und tauschte die letzten Neuigkeiten aus. Wieviel war schon wieder passiert, seitdem man sich am Vormittag oder am Vortag in den Läden der Kreisstadt oder im Dorf getroffen hatte! Die Kinder wuselten in ihren Verkleidungen durch die Menge, wurden immer wieder bewundert und beklatscht. Schließlich kam Heidi mit den Lamas aus der Kirche. Die Tiere klapperten gekonnt mit den Wimpern, auf denen sich Schneeflocken absetzten. Auch sie wurden noch einmal beklatscht und von allen Seiten gestreichelt. Schließlich lotste Heidi die Tiere auf den Anhänger und fuhr mit ihnen davon.

Als Letzte verließen Renate und Christoph die Kirche. Die Dekorationen für das Krippenspiel würden sie morgen früh vor dem Gottesdienst aufräumen, jetzt wollten alle schnell nach Hause zur Bescherung. Christoph ging zur Sakristei, um die Hintertür abzuschließen. Er warf einen Blick über den Marktplatz. Eminas Smart, den Bauer Zech am Morgen aus der Schneewehe gezogen und zum Marktplatz gebracht hatte, war verschwunden. Christoph schloss die Tür ab und schaltete alle Lichter aus. Vor der Kirche standen nun nur noch die Familien von Anna-Lisa und Sophie. Sybille saß dick eingemummt auf einer Treppenstufe und lächelte ihm entgegen.

»Du hast wunderbar gespielt, wie immer. War es nicht eine herrliche Aufführung?«

Christoph nickte und strich ihr über den Nacken, ließ seine Hand auf ihrer Schulter liegen.

»Komm, fahren wir nach Hause. Ich habe Hunger.« Er half Sybille hoch und schob ihren Arm unter seinen.

»Ich wollte Renate fragen, ob sie zum Essen mit zu uns kommt«, meinte Sybille und steuerte an Christophs Arm auf den Pulk der wiedervereinigten Familie Griese zu. Renate stand mitten unter ihnen. Anna-Lisa hielt ein kleines Päckchen in der Hand.

»Pack es ruhig aus«, sagte Renate.

»Aber nur, wenn du dann heute Abend mit zu uns kommst«, sagte Anna-Lisa.

»Nein, danke. Ich muss nach Hause, die Tiere versorgen.«

»Dann morgen, zum Mittagessen. Es gibt Pute, wie immer. Wie früher.«

Renate lächelte. In der Tat hatte Anna-Lisa am ersten Feiertag immer eine Pute gebraten. Obwohl Vater immer auf Gänsebraten bestanden hatte. Sie hatten sich das Leben aber auch schwergemacht, früher!

Anna-Lisa fing an, die Verschnürung zu lösen und das Papier auseinanderzufalten. Schneeflocken setzten sich auf ihre Hände, die rot und steif von der Kälte waren. Die Kinder steckten die Köpfe zusammen, um nichts zu verpassen. Sie trugen noch immer ihre Hirtenumhänge und Engelskleidchen und klapperten vor Kälte. Die beiden Kleinen hüpften, um sich warm zu halten. Alle starrten gespannt auf Anna-Lisas Hände. Zum Vorschein kam ein schwarzes Ledertäschchen mit einem Schlüsselring. Zwei Sicherheitsschlüssel und ein großer eiserner Schlüssel, wie es sie für alte Scheunentore gab, hingen daran. Anna-Lisa hob den Blick und sah Renate an.

»Du gibst mir Vaters Schlüsselbund?«

»Nur die Scheunenschlüssel. Ich bin jetzt zu alt für die viele Arbeit im Stall. Es wird Zeit, dass ihr ihn übernehmt. Solange Rosa noch zu jung ist, kann ich ihr mit den Tieren helfen. Das andere müsst ihr schon allein machen.«

Anna-Lisa traten Tränen in die Augen. Sie wollte etwas sagen, aber es drang kein Laut über ihre Lippen. Nur Tanja schaffte es, schnell etwas zu sagen.

»Renate, wir danken dir.« Sie ergriff Renates Hand.

»Aber solange Filou lebt, bleibt er in seiner Box«, sagte Rosa und fing auch an zu hüpfen. »Und er verträgt keinen Lärm. Wir müssen ganz leise sein, sonst wird er krank.«

»Das verstehe ich, ich vertrage auch keinen Lärm«, sagte Anna-Lisa im Brustton der Überzeugung. Sie machte einen Schritt auf ihre Schwägerin zu. »Also

Renate … ich weiß gar nicht, was ich sagen soll. Danke.« Ihre Stimme zitterte, und sie schaffte es nicht, Renate anzusehen.

»Nun nehmt euch schon in die Arme«, rief Sybille. »Und vertragt euch, es ist doch Weihnachten!«

Renate Griese sah zu Boden und ließ die Arme hängen. Schließlich zog Anna-Lisa sie an sich und drückte sie ans Herz. Alle schauten andächtig zu, bis die Kinder anfingen zu kichern. Horst-Jürgen wandte sich ab und schlenderte zum Auto. Christoph folgte ihm, ihre Wagen waren die beiden letzten auf dem Parkplatz.

»Hast du jetzt endlich Feierabend?«, meinte Horst-Jürgen.

»Ja, ich will nur noch nach Hause.«

»Bei uns geht der Zirkus jetzt erst richtig los. Sei froh, dass ihr eure Ruhe habt. Manchmal wünsche ich mir das auch. Aber man kann sich das nicht immer aussuchen.«

Christoph sah Sybille entgegen, die von Tanja und Renate zum Auto geleitet wurde.

»Da hast du wohl recht«, sagte er. »Das kann man nicht. Gesegnetes Fest.«

Mit Dank an Connie und Wolfgang und
mit der Hoffnung auf viele
weitere Weihnachtsfeste auf dem Lande.